Un baiser avant l'agonie

Marcel Proust

Un Baiser avant l'Agonie

Editions le Mono
Collection *Les Grands Auteurs*

Préface

Marcel Proust est l'un des plus grands auteurs de la littérature française. On dit qu'il est mort épuisé par le travail parce qu'il écrivait beaucoup ; et il n'a pas eu le temps de profiter de la gloire et de la reconnaissance que lui confère aujourd'hui son œuvre littéraire : *À la recherche du temps perdu*, publiée en sept tomes.

Il lui a fallu de la persévérance et du courage pour devenir cet écrivain dont le nom est désormais une référence de la littérature française.

Au-delà du parcours de vie de Marcel Proust, c'est son itinéraire d'auteur qui retient l'attention de quiconque aime la littérature ou souhaite se lancer dans une aventure d'écrivain ; un itinéraire semé d'embûches faites de critiques désagréables, de refus de son œuvre par les éditeurs, ou tout simplement, de difficultés à trouver un lectorat. (Y a-t-il quelque chose de plus précieux pour un écrivain que d'être lu au-delà de ses proches et d'être reconnu comme auteur ?) Marcel Proust a peiné avant d'y arriver.

Le premier tome de son œuvre : *Du Côté de chez Swann*, a été refusé par les éditeurs, notamment Gallimard, et il choisit de le publier à compte d'auteur chez Grasset en 1913. Il retravaille sans cesse ses manuscrits et finit par publier ce même tome chez Gallimard en 1919. (Signalons qu'entre-temps, il a commencé à être connu et à toucher de plus en plus de lecteurs). La même année, son nouveau volume, *À l'ombre des jeunes filles en fleurs,* reçoit le prix Goncourt et lui ouvre la voie de la notoriété et du succès. D'autres volumes viendront couronner ce succès, dont trois publiés après sa mort survenue en 1922, trois ans seulement après son prestigieux prix littéraire.

Dans un ouvrage de plus de 600 pages intitulé *Souvenirs des milieux littéraires, politiques, artistiques et médiévaux[1]*, Léon Daudet raconte quelques anecdotes sur la vie et la personnalité de Marcel Proust. En voici un extrait :

---

[1] *Publié en 1920.*

Vers 7 heures et demie arrivait chez Weber un jeune homme pâle, aux yeux de biche, suçant ou tripotant une moitié de sa moustache brune et tombante, entouré de lainages comme un bibelot chinois. Il demandait une grappe de raisin, un verre d'eau et déclarait qu'il venait de se lever, qu'il avait la grippe, qu'il allait se recoucher, que le bruit lui faisait mal, jetait autour de lui des regards inquiets, puis moqueurs, en fin de compte éclatait d'un rire enchanté et restait. Bientôt sortaient de ses lèvres, proférées sur un ton hésitant et hâtif, des remarques d'une extraordinaire nouveauté et des aperçus d'une finesse diabolique. Ses images imprévues voletaient à la cime des choses et des gens, ainsi qu'une musique supérieure, comme on raconte qu'il arrivait à la taverne du Globe, entre les compagnons du divin Shakespeare. Il tenait de Mercutio et de Puck, suivant plusieurs pensées à la fois, agile à s'excuser d'être aimable, rongé de scrupules ironiques, naturellement complexe, frémissant et soyeux. C'était l'auteur de ce livre original, souvent ahurissant, plein de promesses : 'Du côté de chez Swann', *c'était Marcel Proust.*

«Dites, monsieur, ne croyez-vous pas... » Ainsi commençait l'insidieux garçon et le monsieur, sans

9

méfiance, se prêtait à un analyste comparable à un millier de laborieuses fourmis. Car tandis qu'une partie du cerveau de Marcel admire et goûte, une autre critique et s'irrite et une troisième assiste, indifférente et comme « spinozée », aux ébats des précédentes. Je ne m'étonne pas qu'il soit toujours fatigué. Je ne connais pas d'être plus harcelé par le mystère psychologique et somatique des gens du passé et de ses contemporains, ni plus expert à se transformer, par le désir, en quelque chose de presque semblable, ou du moins de très analogue à eux. Il. est le sire de métempsychose et un véritable phénomène d'imagination autocréatrice. Ce qui ne l'empêche pas, à l'occasion, de se ressaisir et de faire preuve d'énergie.

Un soir, entrant au restaurant, Marcel crut entendre un vieux et élégant diplomate, M. de Lagrenée, murmurer à son endroit une phrase désobligeante. Il vint me trouver : « Monsieur, je ne puis pas supporter cela. Je déteste les histoires, néanmoins je vous serais très reconnaissant, monsieur, de demander à M. de Lagrenée s'il a eu l'intention de m'offenser et, s'il ne l'a pas eue, de me faire des excuses ».

Robert de Flers, homme plein de talent, de tact et de nuances, me fut adjoint, pour cette mission. Nous étions fort ennuyés, car l'offenseur, ou supposé tel, bien qu'assez âgé, était de première force à l'épée et au pistolet et Marcel n'a rien d'un spadassin. Mais tout se passa le mieux du monde : « Messieurs, nous dit M. de Lagrenée, je vous déclare, sur l'honneur, que je n'ai jamais eu la moindre intention d'offenser M. Proust que, d'ailleurs, je ne connais pas. J'ajoute qu'il ne me déplaît pas du tout qu'un jeune homme ait la tête près du bonnet et que cette susceptibilité me le rend sympathique ». Puis, se tournant vers moi : « Votre grand-mère, monsieur Daudet, était l'amie de ma pauvre sœur, ce qui ne me rajeunit point. Il fallait, pour que nous fissions connaissance, que M. Proust prît ombrage d'un propos qui ne s'adressait pas à lui. Comme la vie est intéressante ! » C'est ainsi que quelque chose de féerique flotte autour de Marcel Proust et des démarches qu'on fait en son nom.

Marcel Proust déteste la campagne. Elle dérange en effet ses habitudes casanières, la claustration volontaire pendant laquelle il lit, rêvasse et réfléchit, échappant ainsi à l'abus que l'on ferait de sa trop grande obligeance et de son amicale émotivité. Nous nous sommes rencontrés, il y a de cela une vingtaine d'années, pendant une semaine, à l'Hôtel de France et d'Angleterre, à Fontainebleau. Il restait enfermé toute la journée dans sa chambre, puis, le soir, il consentait à faire avec moi une promenade en voiture dans la forêt, sous les étoiles.

C'était le plus charmant, le plus fantaisiste, le plus irréel des compagnons, un feu follet assis sur les coussins de la victoria. Mais, ne voyant pas ce que les autres voient, il voit des choses qu'eux ne voient pas, il se coule derrière la tapisserie et contemple le bâti et la trame, dût Hamlet le prendre pour un rat.

Il s'est fabriqué, à l'aide d'une marqueterie de méditations sur le concret, un monde abstrait où il vit heureux, presque tranquille, séparé de tout et de tous par une sorte de cloison transparente.

En une autre circonstance, il se laissa décider par mon frère Lucien à venir nous rendre visite en Touraine. Il arriva par le train du soir, passa la nuit dans un nuage de fumée de cigarettes Espic — car il souffrait alors d'une crise d'asthme — et repartit le lendemain matin, déclarant que rien n'égalait la Loire en suavité et en magnificence. Ce passage d'un météore souffreteux n'en laissait pas moins une traînée de lumière et je crois de bonne foi notre cher Proust, par excès d'activité intellectuelle, phosphorescent.

C'est un lettré ultra raffiné. Il est descendu jusqu'à la racine des auteurs du xvii' siècle et du xix". Il écrit le Michelet comme Michelet et fera du Bossuet tant qu'on voudra. Cependant il peut assister poliment, ainsi qu'un écolier bien sage, à la dispute absurde de deux ignorants sur les mérites réciproques de Bossuet et de Michelet, jouissant même de l'excès de leur sottise. Car il a le sens de la caricature, de la déformation des individus parles tics, les travers et les circonstances. Il y a en lui de la vision de La Bruyère et de celle de Meredith, obscurcie par un brouillard de puérilité qui tient à la persistance inouïe de souvenirs d'enfance. Je le devine hanté par lui-même, parcouru de mille ruisselets venus de son ascendance et de sa prime jeunesse. S'il arrive à se guider, contenir, ordonner au point de vue littéraire, il écrira un beau matin, en marge de la vie, quelque chose d'étonnant. Ce n'est certes pas l'étoffe qui lui manque.

*

En 1921, paraissent dans *La Nouvelle Revue Française*, deux récits intitulés *Un Baiser* et *Une Agonie*, qui figurent (à quelques paragraphes près) dans son œuvre gigantesque *À la recherche du temps perdu*. Pourquoi Marcel Proust a-t-il choisi de publier ces récits dans la revue ? En les lisant, on se demande si ces textes ne sont pas offerts aux lecteurs comme une porte ouverte sur son œuvre caractérisée par une réflexion sur le temps et son impact sur le vivant ; ce temps qui a été si court pour lui qui décèdera une année seulement après cette publication.

Nous avons choisi de publier ces récits haletants sous le titre *Un Baiser avant l'Agonie*, un titre qui traduit bien la vie et le travail de cet auteur qui, rappelons-le, n'a eu que peu de temps pour profiter de la reconnaissance et du succès, comme un doux baiser avant l'agonie, laissant son nom dans l'histoire des grands auteurs français.

L'éditeur.

I
Un baiser

Bien que ce fût simplement un dimanche d'automne, je venais de renaître, l'existence était intacte devant moi, car, dans la matinée, après une série de jours doux, il avait fait un brouillard froid qui ne s'était levé que vers midi. Or, un changement de temps suffit à récréer le monde et nous-mêmes. Jadis, quand le vent soufflait dans ma cheminée, j'écoutais les coups qu'il frappait contre la trappe avec autant d'émotion que si, pareils aux fameux coups d'archet par lesquels débute la cinquième Symphonie, ils avaient été les appels irrésistibles d'un mystérieux destin. Tout changement à vue de la nature nous offre une transformation semblable, en adaptant au mode nouveau des choses nos désirs harmonisés. La brume, dès le réveil, avait fait de moi, au lieu de l'être centrifuge qu'on est par les beaux jours, un homme replié, désireux du coin du feu et du lit partagé, Adam frileux en quête d'une Eve sédentaire, dans ce monde différent.

Entre la couleur grise et douce d'une campagne matinale et le goût d'une tasse de chocolat, je faisais tenir toute l'originalité de la vie physique, intellectuelle et morale que j'avais apportée une année environ auparavant à Doncières, et qui, blasonnée de la forme oblongue d'une colline pelée — toujours présente même quand elle était invisible — formait en moi une série de plaisirs entièrement distincte de tous autres, indicibles à des amis en ce sens que les impressions richement tissées les unes dans les autres qui les orchestraient, les caractérisaient bien plus pour moi et à mon insu que les faits que j'aurais pu raconter. A ce point de vue le monde nouveau dans lequel le brouillard de ce matin m'avait plongé était un monde déjà connu de moi, ce qui ne lui donnait que plus de vérité, et oublié depuis quelque temps, ce qui lui rendait toute sa fraîcheur. Et je pus regarder quelques-uns des tableaux de brume que ma mémoire avait acquis, notamment, des « Matin à Doncières », soit le premier jour au quartier, soit une autre fois, dans un château voisin où Saint-Loup m'avait emmené passer vingt-quatre heures : de la fenêtre dont j'avais soulevé les rideaux à l'aube, avant de me recoucher, dans le premier tableau, un cavalier, dans le second, un cocher en train d'astiquer une courroie sur une mince lisière d'étang ou de bois dont tout le reste était englouti dans la douceur uniforme et liquide de la brume, m'étaient apparus comme ces rares personnages, à peine distincts pour l'œil obligé de se faire au vague mystérieux des pénombres, et qui émergent d'une fresque effacée.

C'est de mon lit que je regardais aujourd'hui ces souvenirs, car je m'étais recouché pour attendre le moment où, profitant de l'absence de mes parents, partis pour quelques jours à Combray, je comptais ce soir même aller entendre une petite pièce qu'on jouait chez Mme de Villeparisis. Eux revenus, je n'aurais peut-être pas osé le faire ; ma mère, dans les scrupules de son respect pour le souvenir de ma grand-mère, voulait que les marques de regret qui lui étaient données, le fussent librement, sincèrement ; elle ne m'aurait pas défendu cette sortie, elle l'eût désapprouvée. De Combray au contraire, consultée, elle ne m'eût pas répondu par un triste : « Fais ce que tu veux, tu es assez grand pour savoir ce que tu dois faire », mais se reprochant de m'avoir laissé seul à Paris, et jugeant mon chagrin d'après le sien, elle eût souhaité pour lui des distractions qu'elle se fût refusées à elle-même et qu'elle se persuadait que ma grand-mère, soucieuse avant tout de ma santé et de mon équilibre nerveux, m'eût conseillées.

Depuis le matin on avait allumé le nouveau calorifère à eau. Son bruit désagréable qui poussait de temps à autre une sorte de hoquet n'avait aucun rapport avec mes souvenirs de Doncières. Mais sa rencontre prolongée avec eux, en moi, cet après-midi, allait lui faire contracter à leur égard une affinité telle que chaque fois que, déshabitué de lui j'entendrais de nouveau le chauffage central, il me les rappellerait.

Il n'y avait à la maison que Françoise. Le jour gris tombant comme une pluie fine, tissait sans arrêt de transparents filets dans lesquels les promeneurs dominicaux semblaient s'argenter. Malgré l'absence du soleil, l'intensité du jour m'indiquait que nous n'étions encore qu'eau milieu de l'après-midi. Les rideaux de tulle de la fenêtre, vaporeux et friables, comme ils n'auraient pas été par un beau temps, avaient ce même mélange de douceur et de cassant qu'ont les ailes de libellules et les verres de Venise. Il me pesait d'autant plus d'être seul ce dimanche-là que j'avais fait porter le matin une lettre à Mlle de Stermaria. Robert de Saint-Loup, que sa mère avait réussi à faire rompre, après de douloureuses tentatives avortées, avec sa maîtresse, et qui depuis ce moment avait été envoyé au Maroc pour oublier celle qu'il n'aimait déjà plus depuis quelque temps, m'avait écrit un mot, reçu la veille, où il m'annonçait sa prochaine arrivée en France pour un congé très court. Comme il ne ferait que toucher barre à Paris (où sa famille craignait sans doute de le voir renouer avec

Rachel), il m'avertissait, pour me montrer qu'il avait pensé à moi, qu'il avait rencontré à Tanger, Mlle ou plutôt Mme de Stermaria, car elle avait divorcé après trois mois de mariage. Et Robert se souvenant de ce que je lui avais dit à Balbec, avait demandé de ma part un rendez-vous à la jeune femme. Elle dînerait très volontiers avec moi, lui avait-elle répondu, l'un des jours que, avant de regagner la Bretagne, elle passerait à Paris. Il me disait de me hâter d'écrire à Mme de Stermaria car elle était certainement arrivée. La lettre de Saint-Loup ne m'avait pas étonné bien que je n'eusse pas reçu de nouvelles de lui, depuis qu'au moment de la maladie de ma grand-mère il m'avait accusé de perfidie et de trahison, j'avais très bien compris alors ce qui s'était passé. Rachel qui aimait à exciter sa jalousie — elle avait des raisons accessoires aussi de m'en vouloir — avait persuadé à son amant que j'avais tait des tentatives sournoises pour avoir, pendant l'absence de Robert, des relations avec elle, il est probable qu'il continuait à croire que c'était vrai, mais il avait cessé d'être épris d'elle, de sorte que vrai ou non cela lui était devenu parfaitement égal et que notre amitié seule subsistait. Quand une fois que je l'eus revu, je voulus essayer de lui parler de ses reproches, il eut seulement un bon et tendre sourire par lequel il avait l'air de s'excuser, puis il changea de conversation. Ce n'est pas qu'il ne dût un peu plus tard, quand il fut à Paris, revoir quelquefois Rachel. Les créatures qui ont joué un grand rôle dans notre vie, il est rare qu'elles en sortent tout d'un coup d'une façon définitive. Elles reviennent s'y poser par moments (au point que certains croient à un recommencement d'amour) avant de la quitter à jamais. La rupture de Saint-Loup avec Rachel lui était très vite devenue moins douloureuse, grâce au plaisir apaisant que lui apportaient les incessantes demandes d'argent de son amie. La jalousie, qui prolonge l'amour ne peut pas contenir beaucoup plus de choses que les autres formes de l'imagination. Si l'on emporte, quand on part en voyage, trois ou quatre images, qui du reste se perdront en route (les lys et les anémones du Ponte Vecchio, l'église persane dans les brumes, etc.), la malle est déjà bien pleine. Quand on quitte une maîtresse, on voudrait bien, jusqu'à ce qu'on l'ait un peu oubliée, qu'elle ne devînt pas la possession de trois ou quatre entreteneurs possibles et qu'on se figure, c'est-à-dire dont on est jaloux. Tous ceux qu'on ne se figure pas ne sont rien. Or, les demandes d'argent fréquentes d'une maîtresse quittée ne vous donnent pas plus une idée complète de sa vie que des feuilles de température élevée ne donneraient de sa maladie. Mais les secondes seraient tout de même un signe qu'elle est malade et les premières fournissent une présomption, assez vague, il est vrai, que la délaissée ou délaisseuse n'a pas dû trouver grand-chose comme riche protecteur. Aussi, chaque demande est-elle accueillie avec la joie que produit une accalmie dans la souffrance du jaloux, et suivie immédiatement d'envois d'argent, car on veut qu'elle ne manque de rien, sauf d'amants (d'un des trois amants qu'on se figure), le temps de se rétablir un peu soi-même et de pouvoir apprendre sans faiblesse le nom du successeur. Quelquefois Rachel revint assez tard dans la soirée pour demander à son ancien amant la permission de dormir à côté de lui jusqu'au matin. C'était une grande douceur pour Robert, car il se rendait compte combien ils avaient tout de même vécu intimement ensemble, rien qu'à voir que, même s'il prenait à lui seul une grande moitié du lit, il ne la dérangeait en rien pour dormir. Il comprenait qu'elle était, près de son corps, plus commodément qu'elle n'eût été ailleurs, qu'elle se retrouvait à son côté — fût-ce à l'hôtel — comme dans une chambre anciennement connue où l'on a ses habitudes, où on dort mieux. Il sentait que ses épaules, ses jambes, tout lui, étaient pour elle, même quand il remuait trop par insomnie ou travail à faire, de ces choses si parfaitement usuelles qu'elles ne peuvent gêner et que leur perception ajoute encore à la sensation du repos.

Pour revenir en arrière, j'avais été d'autant plus troublé par la lettre de Robert que je lisais entre les lignes ce qu'il n'avait pas osé écrire plus explicitement. « Tu peux très bien l'inviter en cabinet particulier, me disait-il. C'est une jeune personne charmante, d'un délicieux caractère, vous vous entendrez parfaitement et je suis certain d'avance que tu passeras une très bonne soirée. » Comme mes parents rentraient à la fin de la semaine, samedi ou dimanche, et qu'après je serais forcé de dîner tous les soirs à la maison, j'avais aussitôt écrit à Mme de Stermaria pour lui proposer le jour qu'elle voudrait, jusqu'à vendredi. On avait répondu que j'aurais une lettre, vers huit heures ce soir même. Je l'aurais atteint assez vite si j'avais eu pendant l'après-midi qui me séparait de lui le secours d'une visite. Quand les heures s'enveloppent de causeries, on ne peut plus les mesurer, même les voir, elles s'évanouissent et tout d'un coup c'est bien loin du point où il vous avait échappé que reparaît devant votre attention le temps agile et escamoté. Mais si nous sommes seuls, la préoccupation en ramenant devant nous le moment encore éloigné et sans cesse attendu, avec la fréquence et l'uniformité d'un tic-tac, divise ou plutôt multiplie les heures par toutes les minutes qu'entre amis nous n'aurions pas comptées. Et confronté, par le retour incessant de mon désir, à l'ardent plaisir que je goûterais dans quelques jours seulement, hélas ! avec Mme de Stermaria, cet après-midi que j'allais achever seul, me paraissait bien vide et bien mélancolique.

Par moments j'entendais le bruit de l'ascenseur qui montait mais, il était suivi d'un second bruit, non celui que j'espérais, l'arrêt à mon étage, mais d'un autre fort différent que l'ascenseur faisait pour continuer sa route élancée vers les étages supérieurs et qui, parce qu'il signifia si souvent la désertion du mien quand j'attendais une visite, est resté pour moi plus tard et même quand je n'en désirais plus aucune, un bruit par lui-même douloureux, où résonnait comme une sentence d'abandon. Lasse, résignée, occupée pour plusieurs heures encore à sa tâche immémoriale, la grise journée filait sa passementerie de nacre et je m'attristais de penser que j'allais rester seul en tête à tête avec elle qui ne me connaissait pas plus qu'une ouvrière qui, installée près de la fenêtre pour voir plus clair en faisant sa besogne, ne s'occupe nullement de la personne présente dans la chambre. Tout d'un coup, sans que j'eusse entendu sonner, Françoise vint ouvrir la porte, introduisant Albertine qui entra souriante, silencieuse, replète, contenant dans la plénitude de son corps, préparés pour que je continuasse à les vivre, venus vers moi, les jours passés dans ce Balbec où je n'étais jamais retourné. Sans doute chaque fois que nous revoyons une personne avec qui nos rapports — si insignifiants soient-ils — se trouvent changés, c'est comme une confrontation de deux époques. Il n'y a pas besoin pour cela qu'une ancienne maîtresse vienne nous voir en amie, il suffit de la visite à Paris de quelqu'un que nous avons connu dans l'au jour le jour de la vie et que cette vie ait cessé, fût-ce depuis une semaine seulement. Sur chaque trait rieur, interrogatif et gêné du visage d'Albertine, je pouvais épeler ces questions : « Et Mme de Villeparisis ? Et le maître de danse ? Et le pâtissier ? » Quand elle s'assit son dos eut l'air de dire : « Dame, il n'y a pas de falaise ici, vous permettez que je m'asseye tout de même près de vous, comme j'aurais fait à Balbec ? » Elle semblait une magicienne me présentant un miroir du temps. En tout cela elle était pareille à tous ceux que nous revoyons rarement, mais qui jadis vécurent plus intimement avec nous. Mais avec Albertine il y avait plus que cela. Certes, même à Balbec, dans nos rencontres presque quotidiennes, j'étais toujours surpris en l'apercevant tant elle était journalière. Mais maintenant on avait peine à la reconnaître. Dégagés de la vapeur rose qui les baignait, ses traits avaient sailli comme une statue. Elle avait un autre visage, ou plutôt elle avait enfin un visage ; son corps avait grandi. Il ne restait presque plus rien de la gaine où elle avait été enveloppée et sur la surface de laquelle à Balbec sa forme future se dessinait à peine.

Albertine, cette fois, rentrait à Paris plus tôt que de coutume. D'ordinaire elle n'y arrivait qu'au printemps, de sorte que déjà troublé depuis quelques semaines par les orages sur les premières fleurs, je ne séparais pas, dans le plaisir que j'avais, le retour d'Albertine et celui de la belle saison. Il suffisait qu'on me dise qu'elle était à Paris et qu'elle était passée chez moi pour que je la revisse comme une rose au bord de h mer. Je ne sais trop si c'était le désir de Balbec ou d'elle qui s'emparait de moi alors, peut-être le délire d'elle étant lui-même une forme paresseuse, lâche et incomplète de posséder Balbec comme si posséder matériellement une chose, faire sa résidence d'une ville, équivalait à la posséder spirituellement. Et d'ailleurs, même matériellement, quand elle était non plus balancée par mon imagination devant l'horizon marin, mais immobile auprès de moi, elle me semblait souvent une bien pauvre rose devant laquelle j'aurais bien voulu fermer les yeux pour ne pas voir tel défaut des pétales et pour croire que je respirais sur la plage.

Je peux le dire ici, bien que je ne susse pas alors ce qui ne devait arriver que dans la suite. Certes, il est plus raisonnable de sacrifier sa vie aux femmes qu'aux timbres-poste, aux vieilles tabatières, même aux tableaux et aux statues.

Seulement l'exemple des autres collections devrait nous avertir de changer, de n'avoir pas une seule femme, mais beaucoup. Ces mélanges charmants qu'une jeune fille fait avec une plage, avec la chevelure tressée d'une statue d'église, avec une estampe, avec tout ce à cause de quoi on aime en l'une d'elles, chaque fois qu'elle entre, un tableau charmant, ces mélanges ne sont pas très stables. Vivez tout à fait avec la femme et vous ne verrez plus rien de ce qui vous l'a fait aimer ; certes les deux éléments désunis, la jalousie peut à nouveau les rejoindre. Si après un long temps de vie commune je devais finir par ne plus voir en Albertine qu'une femme ordinaire, quelque intrigue d'elle avec un être qu'elle eût aimé à Balbec eût peut-être suffi pour réincorporer en elle, et amalgamer la plage et le déferlement du flot. Seulement ces mélanges secondaires ne ravissent plus nos yeux, c'est à notre cœur qu'ils sont sensibles et funestes. On ne peut, sous une forme si dangereuse, trouver souhaitable le renouvellement du miracle. Mais j'anticipe les années. Et je dois seulement ici regretter de n'être pas resté assez sage pour avoir eu simplement ma collection de femmes comme on a des lorgnettes anciennes, jamais assez nombreuses derrière une vitrine ou toujours une place vide attend une lorgnette nouvelle et plus rare.

Contrairement à l'ordre habituel de ses villégiatures cette année Albertine venait directement de Balbec et encore y était-elle restée bien moins tard que d'habitude. Il y avait longtemps que je ne l'avais vue. Et comme je ne connaissais pas, même de nom, les personnes qu'elle fréquentait à Paris, je ne savais rien d'elle pendant les périodes où elle restait sans venir me voir. Celles-ci étaient souvent assez longues. Puis un beau jour, surgissait brusquement Albertine dont les roses apparitions et les silencieuses visites me renseignaient assez peu sur ce qu'elle avait pu faire dans leur intervalle, et qui restait plongé dans cette obscurité de sa vie que mes yeux ne se souciaient guère de percer.

Cette fois-ci pourtant, certains signes semblaient indiquer que des choses nouvelles avaient dû se passer dans cette vie. Mais il fallait peut-être tout simplement induire d'eux qu'on change très vite à l'âge qu'avait Albertine. Par exemple, son intelligence se montrait mieux et quand je lui reparlai 'du jour où elle avait mis tant d'ardeur à imposer son idée de faire écrire par Sophocle : « Mon cher Racine», elle fut la première à rire de bon cœur, c C'est Andrée qui avait raison, j'étais stupide, dit-elle, il fallait que Sophocle écrive : « Monsieur ». Je lui répondis que le « monsieur » et le « cher monsieur » d'Andrée n'étaient pas moins comiques que son « mon cher Racine » à elle, et le « mon cher ami » de Gisèle, mais qu'il n'y avait, au fond, de stupides que des professeurs faisant encore adresser par Sophocle une lettre à Racine. Là, Albertine ne me suivit plus. Elle ne voyait pas ce que cela avait de bête ; son intelligence s'entr'ouvrait mais n'était pas développée. Il y avait des nouveautés plus attirantes en elle ; je sentais, dans la même jolie fille qui venait de s'asseoir près de mon lit, quelque chose de différent ; et dans ces lignes qui parmi le regard et les traits du visage expriment la volonté habituelle, un changement de front, une demi-conversion comme si avaient été détruites ces résistances contre lesquelles je m'étais brisé à Balbec, un soir déjà lointain où nous formions un couple symétrique mais inverse de celui de l'après-midi actuelle, puisque alors c'était elle qui était couchée et moi à côté de son lit. Voulant et n'osant m'assurer si maintenant elle se laisserait embrasser, chaque fois qu'elle se levait pour partir je lui demandais de rester encore. Ce n'était pas très facile à obtenir car bien qu'elle n'eût rien à faire (sans cela, elle eût bondi au dehors), elle était une personne exacte et d'ailleurs peu aimable avec moi, ne semblant guère se plaire dans ma compagnie. Pourtant chaque fois, après avoir regardé sa montre, elle se rasseyait, à ma prière, de sorte qu'elle avait passé plusieurs heures avec moi et sans que je lui eusse rien demandé ; les phrases que je lui disais se rattachaient à celles que je lui avais dites pendant les heures précédentes, et ne rejoignaient en rien ce à quoi je pensais, ce que je désirais, lui restaient indéfiniment parallèles. Il n'y a rien comme le désir pour empêcher les choses qu'on dit d'avoir aucune ressemblance avec ce qu'on a dans la pensée. Le temps presse et pourtant il semble qu'on veuille gagner du temps en parlant de sujets absolument étrangers à celui qui nous préoccupe. On cause, alors que la phrase qu'on voudrait prononcer serait déjà accompagnée d'un geste, à supposer même que pour se donner le plaisir de l'immédiat et assouvir la curiosité qu'on éprouve à l'égard des réactions qu'il amènera — sans mot dire, sans demander aucune permission, on ne faisait pas silencieusement ce geste. Certes je n'aimais nullement Albertine ; fille de la brume du dehors, elle pouvait seulement contenter le désir Imaginatif que le temps nouveau avait éveillé en moi et qui était intermédiaire entre les désirs que peuvent satisfaire d'une part les arts de la cuisine et ceux de la sculpture monumentale, car il me faisait rêver à la fois de mêler à ma chair une matière différente et chaude, et d'attacher par quelque point à mon corps étendu un corps divergent, comme le corps d'Eve tenait à peine par les pieds à la hanche d'Adam, au corps duquel elle est presque perpendiculaire dans ces bas-reliefs romans de la cathédrale de Balbec qui figurent d'une façon si noble et si paisible, presque encore comme une frise antique, la création de la femme ; Dieu y est partout suivi, comme par deux ministres, de deux petits anges dans lesquels on reconnaît, — telles ces créatures ailées et tourbillonnantes de l'été que l'hiver a surprises et épargnées, des amours d'Herculanum encore en vie en plein xiii^ siècle, et traînant leur dernier vol las mais ne manquant pas à la grâce qu'on peut attendre d'eux, sur toute la façade du porche.

Or, ce plaisir qui en accomplissant mon désir m'eût délivré de cette rêverie, et que j'eusse tout aussi volontiers cherché en n'importe quelle autre jolie femme, si l'on m'avait demandé sur quoi — au cours de ce bavardage interminable où je taisais à Albertine la seule chose à laquelle je pensasse, se basait mon hypothèse optimiste au sujet des complaisances possibles de la jeune fille, j'aurais peut-être répondu que cette hypothèse était due, (tandis que des' traits oubliés de la voix d'Albertine redessinaient pour moi le contour de sa personnalité) à l'apparition de certains mots qui ne faisaient pas partie de son vocabulaire au moins dans l'acception qu'elle leur donnait maintenant. Comme elle me disait qu'Elstir était bête et que je me récriais :

— Vous ne me comprenez pas, répliqua-t-elle en souriant, je veux dire qu'il a été bête en cette circonstance, mais je sais parfaitement que c'est quelqu'un de tout à fait distingué.

De même pour dire du golf de Fontainebleau qu'il était élégant, elle déclara :

— C'est tout à fait une sélection.

A propos d'un duel que j'avais eu, elle me dit de mes témoins : « Ce sont des témoins de choix », et regardant ma figure avoua qu'elle aimerait me voir « porter la moustache ».

Elle alla même, et mes chances me parurent alors très grandes, jusqu'à prononcer, terme que, je l'eusse juré, elle ignorait l'année précédente, que depuis qu'elle avait vu Gisèle, il s'était passé un certain « laps de temps ». Ce n'est pas qu'Albertine ne possédât déjà quand j'étais à Balbec un lot très sortable de ces expressions qui décèlent immédiatement qu'on est issu d'une famille aisée, et que d'année en année une mère abandonne à sa fille comme elle lui donne au fur et à mesure qu'elle grandit, dans les circonstances importantes, ses propres bijoux. On avait senti qu'Albertine avait cessé d'être une petite enfant quand un jour, pour remercier d'un cadeau qu'une étrangère lui avait fait elle avait répondu : « Je suis confuse. » Mme Bontemps n'avait pu s'empêcher de regarder son mari qui avait répondu :

— « Dame, elle va sur ses quatorze ans. »

La nubilité plus accentuée s'était marquée quand Albertine parlant d'une jeune fille qui avait mauvaise façon avait dit : « On ne peut même pas distinguer si elle est jolie, elle a un pied de rouge sur la figure. » Enfin, quoique jeune fille encore, elle prenait déjà des façons de femme de son milieu et de son rang en disant si quelqu'un faisait des grimaces : « Je ne peux pas le voir parce que j'ai envie d'en faire aussi », ou si on s'amusait à des imitations : « Le plus drôle quand vous la contrefaites c'est que vous lui ressemblez. » Tout cela est tiré du trésor social. Mais justement le milieu d'Albertine ne me paraissait pas pouvoir lui fournir « distingué » dans le sens où mon père disait de tel de ses collègues qu'il ne connaissait pas encore et dont on lui vantait la grande intelligence : « Il paraît que c'est quelqu'un de tout à fait distingué. » « Sélection », même pour le golf, me parut aussi incompatible avec la famille Simonet qu'il le serait, accompagné de l'adjectif « naturel » avec un texte antérieur de plusieurs siècles aux travaux de Danvin. Laps de temps me sembla de meilleur augure encore. Enfin m'apparut l'évidence de bouleversements que je ne connaissais pas mais propres à autoriser pour moi toutes les espérances, quand Albertine me dit, avec la satisfaction d'une personne dont l'opinion n'est pas indifférente :

— C'est, à mon sens, ce qui pouvait arriver de mieux... J'estime que c'est la meilleure solution, la solution la plus élégante.

C'était si nouveau, si visiblement une alluvion laissant soupçonner de si capricieux décours à travers des terrains jadis inconnus d'elle que dès les mots « à mon sens » j'attirai Albertine, et à « j'estime » je l'assis sur mon lit.

Sans doute il arrive que des femmes peu cultivées, épousant un homme fort lettré, reçoivent dans leur apport dotal de telles expressions. Et peu après la métamorphose qui suit la nuit de noces, quand elles font leurs visites et sont réservées avec leurs anciennes amies, on remarque avec étonnement qu'elles sont devenues femmes si en décrétant qu'une personne est intelligente, elles mettent deux l à intelligente ; mais cela est justement le signe d'un changement et il me semblait qu'entre le vocabulaire de l'Albertine que j'avais connue — celui où les plus grandes hardiesses étaient de dire d'une personne bizarre : « C'est un type », ou si on proposait à Albertine de jouer à des jeux d'argent : « Je n'ai pas d'argent à perdre », ou encore si telle de ses amies lui faisait un reproche qu'elle ne trouvait pas justifié : « Ah ! vraiment, je te trouve magnifique ! » phrase dictée dans ces cas-là par une sorte de tradition bourgeoise presque aussi ancienne que le Magnificat lui-même et qu'une jeune fille un peu en colère et sûre de son droit emploie ce qu'on appelle tout naturellement, c'est-à-dire parce qu'elle l'a appris de sa mère comme à faire sa prière ou à saluer. Albertine les avait apprises de sa tante en même temps que la haine des juifs et l'estime pour le noir où on est toujours convenable et comme il faut, même sans que Mme Bontemps le lui eut formellement enseigné, mais comme se modèle au gazouillement des parents chardonnerets celui des petits chardonnerets récemment nés, de sorte qu'ils deviennent de vrais chardonnerets eux-mêmes. Malgré tout, « sélection » me parut allogène et « j'estime » encourageant. Albertine n'était plus la même, donc elle n'agirait peut-être pas, ne réagirait pas de même.

Non seulement je n'avais plus d'amour pour elle, mais je n'avais même plus à craindre, comme j'aurais pu à Balbec, de briser en elle une amitié pour moi qui n'existait plus. Il n'y avait aucun doute que je lui fusse depuis longtemps devenu fort indifférent. Je me rendais compte que pour elle je ne faisais plus du tout partie de la « petite bande » à' laquelle j'avais autrefois tant cherché, et j'avais ensuite été si heureux de réussir à être agrégé. Puis comme elle n'avait même plus comme à Balbec un air de franchise et de bonté, je n'éprouvais pas de grands scrupules ; pourtant je crois que ce qui me décida fut une dernière découverte philologique. Comme continuant à ajouter un nouvel anneau à la chaîne extérieure de propos sous laquelle je cachais mon désir intime, je parlais tout en ayant maintenant Albertine au coin de mon lit, d'une des filles de la petite bande, plus menue que les autres mais que je trouvais tout de même assez jolie. « Oui, me répondit Albertine, elle a l'air d'une petite mousmé. » De toute évidence quand j'avais connu Albertine le mot de « mousmé » lui était inconnu. Il est vraisemblable que si les choses eussent suivi leur cours normal, elle ne l'eût jamais appris et je n'y aurais vu pour ma part aucun inconvénient, car nul n'est plus horripilant. A l'entendre on se sent le même mal de dents que si on a mis un trop gros morceau de glace dans sa bouche. Mais chez Albertine, jolie comme elle était, même mousmé ne pouvait m'être déplaisant. En revanche, il me parut révélateur sinon d'une initiation extérieure, au moins d'une évolution interne. Malheureusement il était l'heure où il eût fallu que je lui dise au revoir si je voulais qu'elle rentrât à temps pour son dîner et aussi que je me levasse assez tôt pour le mien. C'était Françoise qui le préparait, elle n'aimait pas qu'il attendît et devait déjà trouver contraire à un des articles de son code, qu'Albertine, en l'absence de mes parents, m'eût fait une visite aussi prolongée et qui allait tout mettre en retard. Mais devant « mousmé » ces raisons tombèrent et je me hâtai de dire :

— Imaginez-vous que je ne suis pas chatouilleux du tout, vous pourriez me chatouiller pendant une heure que je ne le sentirais même pas.

— Vraiment !

— Je vous assure.

Elle comprit sans doute que c'était l'expression maladroite d'un désir, car comme quelqu'un qui vous offre une recommandation que vous n'osiez pas solliciter mais dont vos paroles lui ont prouvé qu'elle pouvait vous être utile :

— Voulez-vous que j'essaye ? dit-elle avec l'humilité de la femme.

— Si vous voulez, mais alors ce serait plus commode que vous vous étendiez tout à fait sur mon lit.

— Comme cela ?

— Non, enfoncez-vous.

— Mais je ne suis pas trop lourde ?

Comme elle finissait cette phrase la porte s'ouvrit, et Françoise portant une lampe entra. Albertine n'eut que le temps de se rasseoir sur la chaise. Peut-être Françoise avait-elle choisi cet instant pour nous confondre, étant à écouter à la porte ou même à regarder par le trou de la serrure. Mais je n'avais pas besoin de faire une telle supposition, elle avait pu dédaigner de s'assurer par les yeux de ce que son instinct avait dû suffisamment flairer, car à force de vivre avec moi et mes parents, la crainte, la prudence, l'attention et la ruse avaient fini par lui donner de nous cette sorte de connaissance instinctive et presque divinatoire qu'a de la mer le matelot, du chasseur le gibier, et de la maladie, sinon le médecin, du moins souvent le malade. Tout ce qu'elle arrivait à savoir aurait pu stupéfier à aussi bon droit que l'état avancé de certaines connaissances chez les anciens, vu les moyens presque nuls d'information qu'ils possédaient (les siens n'étaient pas plus nombreux). C'était quelques propos, formant à peine le vingtième de notre conversation à dîner, recueillis à la volée par le maître d'hôtel et inexactement transmis à l'office. Encore ses erreurs tenaient-elles plutôt, comme les fables auxquelles Platon croyait encore, à une fausse conception du monde et à des idées préconçues qu'à l'insuffisance des ressources matérielles. C'est ainsi que de nos jours encore les plus grandes découvertes dans les mœurs des insectes ont pu être faites par un savant qui ne disposait d'aucun laboratoire, de nul appareil. Mais si les gênes qui résultaient de sa position de domestique ne l'avaient pas empêchée d'acquérir une science indispensable à l'art qui en était le terme — et qui consistait à nous confondre en nous en communiquant les résultats — la contrainte avait fait plus ; là l'entrave ne s'était pas contentée de ne pas paralyser l'essor, elle y avait puissamment aidé. Sans doute Françoise ne négligeait aucun adjuvant, celui de la diction et de l'attitude par exemple. Comme (si en revanche elle ne croyait jamais ce que nous lui disions et que nous souhaitions qu'elle crût) elle admettait sans l'ombre d'un doute ce que toute personne de sa condition lui racontait de plus absurde et qui pouvait en même temps choquer nos idées, autant sa manière d'écouter nos assertions témoignait de son incrédulité, autant l'accent avec lequel elle rapportait le récit d'une cuisinière qui lui avait raconté qu'elle avait menacé ses maîtres et en avait obtenu en les traitant devant tout le monde de « fumier » mille faveurs, montrait que c'était pour elle parole d'évangile. Nous avions beau, malgré notre peu de sympathie originelle pour la dame du quatrième, hausser les épaules, comme à une fable invraisemblable, à ce récit d'un si mauvais exemple, en le faisant la narratrice savait prendre le cassant, le tranchant de la plus indiscutable et plus exaspérante affirmation.

Mais surtout, comme les écrivains arrivent souvent aune puissance de concentration dont les eut dispensés le régime de la liberté politique ou de l'anarchie littéraire, quand ils sont ligotés par la tyrannie d'un monarque ou d'une poétique, par les sévérités des règles prosodiques ou d'une religion d'Etat, ainsi Françoise ne pouvant nous répondre d'une façon explicite, parlait comme Tirésias et eût écrit comme Tacite, Elle savait faire tenir tout ce qu'elle ne pouvait exprimer directement dans une phrase que nous ne pouvions incriminer sans nous accuser, dans moins qu'une phrase même, dans un silence, dans la manière dont elle plaçait un objet.

Ainsi, quand il m'arrivait de laisser, par mégarde, sur nia table, au milieu d'autres lettres, une certaine qu'il n'eût pas fallu qu'elle vît, par exemple parce qu'il y était parlé ^'elle avec une malveillance qui en supposait une aussi grande à son égard chez le destinataire que chez l'expéditeur, le soir, si je rentrais inquiet, et allais droit à ma chambre, sur mes lettres rangées bien en ordre en une pile parfaite, le document compromettant frappait tout d'abord mes 3'eux comme il n'avait pas pu ne pas frapper ceux de Françoise, placée par elle tout en dessus, presque à part, en une évidence qui était un langage, avait son éloquence, et dès la porte me faisait tressaillir comme un cri. Elle excellait à régler ces mises en scène destinées à instruire si bien le spectateur, Françoise absente, qu'il savait déjà qu'elle savait tout, quand ensuite elle faisait son entrée. Elle avait pour faire parler ainsi un objet inanimé l'art à la fois génial et patient d'Irving et de Frederick Lemaître. En ce moment tenant au-dessus d'Albertine et de moi la lampe allumée qui ne laissait dans l'ombre aucune des dépressions encore visibles que le corps de la jeune fille avait creusées dans le couvre-pied, Françoise avait l'air de la « Justice éclairant le Crime ». La figure d'Albertine ne perdait pas à cet éclairage. Il découvrait sur les joues le même vernis ensoleillé qui m'avait charmé à Balbec. Ce visage d'Albertine dont l'ensemble avait quelquefois, dehors, une espèce de pâleur blême, montrait, au contraire, au fur et à mesure que la lampe les éclairait, des surfaces si brillamment, si uniformément colorées, si résistantes et si lisses, qu'on aurait pu les comparer aux carnations soutenues de certaines fleurs. Surpris pourtant par l'entrée inattendue de Françoise, je m'écriai :

— Comment déjà la lampe ? Mon Dieu que cette lumière est vive !

Mon but était sans doute par la seconde de ces phrases de dissimuler mon trouble, par la première d'excuser mon retard. Françoise répondit avec une ambiguïté cruelle :

— Faut-il que j'éteinde ?

— Teigne ? glissa à mon oreille Albertine, me laissant charmé par la vivacité familière, avec laquelle, me prenant à la fois pour maître et pour complice, elle insinua cette affirmation psychologique, dans le ton interrogatif d'une question grammaticale.

Quand Françoise fut sortie de la chambre et Albertine rassise sur mon lit :

— Savez-vous ce dont j'ai peur, lui dis-je, c'est que si nous continuons comme cela, je ne puisse pas m'empêcher de vous embrasser.

— Ce serait un beau malheur.

Je n'obéis pas tout de suite à cette invitation. Un autre l'eût même pu trouver superflue, car Albertine avait une prononciation si charnelle et si douce que rien qu'en vous parlant elle semblait vous embrasser. Une parole d'elle était une faveur, et sa conversation vous couvrait de baisers. Et pourtant elle m'était bien agréable, cette invitation. Elle me l'eût été même d'une autre jolie fille du même âge, mais qu'Albertine me fût maintenant si facile, cela me causait plus que du plaisir, une confrontation d'images empreintes de beauté. Je me rappelais Albertine d'abord devant la plage, presque peinte sur le fond de la mer, n'ayant pas pour moi une existence plus réelle que ces visions de théâtre où on ne sait pas si on y a affaire à l'actrice qui est censée apparaître, à une figurante qui la double à ce moment-là, ou à une simple projection. Puis, la femme vraie s'était détachée du faisceau lumineux, elle était venue à moi, mais simplement pour que je pusse m'apercevoir qu'elle n'avait nullement dans le monde réel cette facilité amoureuse qu'on lui supposait dans le tableau magique. J'avais appris qu'il n'était pas possible de la toucher, de l'embrasser, qu'on pouvait seulement causer avec elle, que pour moi elle n'était pas une femme plus que des raisins de jade, décoration incomestible des tables d'autrefois, ne sont des raisins. Et voici que dans un troisième plan elle m'apparaissait, réelle comme dans la seconde connaissance que j'avais eue d'elle, mais facile comme dans la première ; facile et d'autant plus délicieusement que j'avais cru longtemps qu'elle ne l'était pas. Mon surplus de science sur la vie (sur la vie moins unie, moins simple que je ne l'avais cru d'abord) aboutissait provisoirement à l'agnosticisme. Que peut-on affirmer, puisque ce qu'on avait cru probable d'abord s'est montré faux ensuite, et se trouve en troisième lieu être vrai. Et hélas, je n'étais pas au bout de mes découvertes avec Albertine. En tout cas, même s'il n'y avait pas eu l'attrait romanesque de cet enseignement d'une plus grande richesse de plans découverts l'un après l'autre par la vie, cet attrait inverse de celui que Saint-Loup trouvait à Balbec à retrouver parmi les masques que l'existence avait superposés dans une calme figure des traits qu'il avait jadis tenus sous ses lèvres, savoir qu'embrasser les joues d'Albertine était une chose possible, c'était un plaisir peut-être plus grand encore que celui de les embrasser. Quelle différence entre posséder une femme sur laquelle notre corps seul s'applique parce qu'elle n'est qu'un morceau de chair, ou posséder la jeune fille qu'on apercevait sur la plage avec ses amies, certains jours, sans même savoir pourquoi ces jours-là plutôt que tels autres, ce qui faisait qu'on tremblait de ne pas la revoir.

La vie vous avait complaisamment révélé tout au long le roman de cette petite fille, vous avait prêté pour la voir un instrument d'optique, puis un autre, et ajouté au désir charnel un accompagnement qui le centuple et le diversifie de ces désirs plus spirituels et moins assouvissables qui ne sortent pas de leur torpeur et le laissent aller seul quand il ne prétend qu'à la saisie d'un morceau de chair, mais qui pour la possession de toute une région de souvenirs d'où ils se sentaient nostalgiquement exilés, s'élèvent en tempête à côté de lui, le grossissent, ne peuvent le suivre jusqu'à l'accomplissement, jusqu'à l'assimilation, impossible sous la forme où elle est souhaitée, d'une réalité immatérielle, mais attendent ce désir à mi-chemin, et au moment du souvenir, du retour, lui font à nouveau escorte ; baiser au lieu des joues de la première venue, si fraîches soient-elles mais anonymes, sans secret, sans prestige, celles auxquelles j'avais si longtemps rêvé, serait connaître le goût, la saveur, d'une couleur bien souvent regardée. On a vu une femme, simple image dans le décor de la vie, comme Albertine, profilée sur la mer, et puis cette image on peut la détacher, la mettre près de soi, et voir peu à peu son volume, ses couleurs^ comme si on l'avait fait passer derrière les verres d'un stéréoscope. C'est pour cela que les femmes un peu difficiles, qu'on ne possède pas tout de suite, dont on ne sait même pas tout de suite qu'on pourra jamais les posséder, sont les seules intéressantes. Car les connaître, les approcher, les conquérir, c'est faire varier de forme, de grandeur, de relief l'image humaine, c'est une leçon de relativisme dans l'appréciation d'une femme, belle à réapercevoir quand elle a repris sa minceur de silhouette dans le décor de la vie. Les femmes qu'on connaît d'abord chez l'entremetteuse n'intéressent pas parce qu'elles restent invariables. D'autre part Albertine tenait, liées autour d'elle, toutes les impressions d'une série maritime qui m'était particulièrement chère. Il me semble que j'aurais pu sur les deux joues de la jeune fille, embrasser toute la plage de Balbec.

— Si vraiment vous permettez que je vous embrasse, j'aimerais mieux remettre cela à plus tard et bien choisir mon moment. Seulement il ne faudrait pas que vous oubliez alors que vous m'avez permis. Il me faut un « bon pour un baiser »,

— Faut-il que je le signe ?

— Mais si je le prenais tout de suite, en aurai-je un tout de même plus tard ?

— Vous m'amusez avec vos bons, je vous en referai de temps en temps.

— Dites-moi encore un mot, vous savez à Balbec quand je ne vous connaissais pas encore, vous aviez souvent un regard dur, rusé, vous ne pouvez pas me dire à quoi vous pensiez à ces moments-là ?

— Ah ! je n'ai aucun souvenir.

— Tenez, pour vous aider, un jour votre amie Gisèle a sauté à pieds joints par-dessus la chaise où était assis un vieux monsieur. Tâchez de vous rappeler ce que vous avez pensé à ce moment-là.

— Gisèle était celle que nous fréquentions le moins, elle était de la bande si vous voulez, mais pas tout à fait. J'ai dû penser qu'elle était bien mal élevée et commune.

— Ah ! c'est tout ?

J'aurais bien voulu, avant de l'embrasser, pouvoir la remplir à nouveau du mystère qu'elle avait pour moi sur la plage, avant que je la connusse, retrouver en elle le pays où elle avait vécu auparavant ; à sa place du moins, si je ne le connaissais pas, je pouvais insinuer tous les souvenirs de notre vie à Balbec, le bruit du flot déferlant sous ma fenêtre, les cris des enfants. Mais en laissant mon regard glisser sur le beau globe rose de ses joues, dont les surfaces doucement incurvées venaient mourir aux pieds des premiers plissements de ses beaux cheveux noirs qui couraient en chaînes mouvementées, soulevaient leurs contreforts escarpés et modelaient les ondulations de leurs vallées, je dus me dire : « Enfin, n'y ayant pas réussi à Balbec je vais savoir le goût de la rose inconnue que sont les joues d'Albertine. Et puisque les cercles que nous pouvons faire traverser aux choses et aux êtres, pendant le cours de notre existence ne sont pas bien nombreux, peut-être pourrai-je considérer la mienne comme en quelque manière accomplie quand ayant fait sortir de son cadre lointain le visage fleuri que j'avais choisi entre tous, je l'aurai amené dans ce plan nouveau où j'aurai enfin de lui la connaissance par les lèvres. » Je me disais cela parce que je croyais qu'il est une connaissance par les lèvres ; je me disais que j'allais connaître le goût de cette rose charnelle parce que je n'avais pas songé que l'homme, créature, évidemment moins rudimentaire que l'oursin ou même la baleine, manque cependant encore d'un certain nombre d'organes essentiels et notamment n'en possède aucun qui serve au baiser. A cet organe absent il supplée par les lèvres, et par là arrive-t-il peut-être à un résultat un peu plus satisfaisant que s'il était réduit à caresser la bien-aimée avec une défense de corne. Mais les lèvres faites pour amener au palais la saveur de ce qui les tente, doivent se contenter, sans comprendre leur crreur et sans avouer leur déception, de vaguer à la surface et de se heurter à la clôture de la joue impénétrable et désirée. D'ailleurs à ce moment-là, au contact même de la chair, les lèvres, même dans l'hypothèse où elles deviendraient plus expertes et mieux douées, ne pourraient sans doute pas goûter davantage la saveur que la nature les empêche actuellement de saisir, car dans cette zone désolée où elles ne peuvent trouver leur nourriture, elles sont seules, le regard, puis l'odorat les ont abandonnées depuis longtemps. D'abord au fur et à mesure que ma bouche commença à s'approcher des joues que mes regards lui avaient proposé d'embrasser, ceux-ci se déplaçant virent des joues nouvelles : le cou aperçu de plus près et comme à la loupe, montra, dans ses gros grains, une robustesse qui modifia le caractère de la figure.

Les dernières applications de la photographie — qui couchent aux pieds d'une cathédrale toutes les maisons qui nous parûmes si souvent, de près, presque aussi hautes que les tours, font successivement manœuvrer comme un régiment, par files, en ordre dispersé, en masses serrées, les mêmes monuments, rapprochent l'une contre l'autre les deux colonnes de la Piazzetta tout à l'heure si distantes, éloignent la proche Salute et dans un fond pâle et dégradé réussissent à faire tenir un horizon immense sous l'arche d'un pont, dans l'embrasure d'une fenêtre, entre les feuilles d'un arbre situé au premier plan et d'un ton plus vigoureux, donnent successivement pour cadre à une même église les arcades de toutes les autres, — je ne vois que cela qui puisse autant que le baiser faire surgir de ce que nous croyions une chose à aspect défini, les cent autres choses qu'elle est tout aussi bien puisque chacune est relative à une perspective non moins légitime. Bref, de même qu'à Balbec, Albertine m'avait souvent paru différente, maintenant, comme si en accélérant prodigieusement la rapidité des changements de perspective et des changements de coloration que nous offre une personne dans nos diverses rencontres avec elle, j'avais voulu les faire tenir toutes en quelques secondes pour recréer expérimentalement le phénomène qui diversifie l'individualité d'un être et tirer les unes des autres comme d'un étui toutes les possibilités qu'il enferme, dans ce court trajet de mes lèvres vers sa joue, c'est dix Albertines que je vis ; cette seule jeune fille étant comme une déesse à plusieurs têtes sortant les unes des autres ; celle que j'avais vue en dernier, si je tentais de m'approcher d'elle, faisait place à une autre. Du moins tant que je ne l'avais pas touchée, cette tête je la voyais, un léger parfum venait d'elle jusqu'à moi. Mais hélas ! — car pour le baiser, nos narines et nos yeux son aussi mal placés que nos lèvres mal faites — tout d'un coup, mes yeux cessèrent de voir, à son tour mon nez s'écrasant ne perçut plus aucune odeur, et sans connaître pour cela davantage le goût du rose désiré, j'appris, à ces détestables signes, qu'enfin j'étais en train d'embrasser la joue d'Albertine.

Etait-ce parce que nous jouions la scène inverse de celle de Balbec, que j'étais, moi, couché et elle levée, capable d'esquiver une attaque brutale et de diriger le plaisir à sa guise, qu'elle me laissa prendre avec tant de facilité maintenant ce qu'elle avait refusé jadis avec une mine si sévère. (Sans doute, de cette mine d'autrefois, l'expression voluptueuse que prenait aujourd'hui son visage à l'approche de mes lèvres ne différait que par une déviation de lignes infinitésimale, mais dans lesquelles peut tenir toute la distance qu'il y a entre le geste d'un homme qui achève un blessé et d'un qui le secourt, entre un portrait sublime ou affreux). Sans savoir si j'avais à faire honneur et savoir gré de son changement d'attitude à quelque bienfaiteur involontaire qui, un de ces mois derniers, à Paris ou à Balbec, avait travaillé pour moi, je pensai que la façon dont nous étions placés était la principale cause de ce changement. C'en fut pourtant une autre que me fournit Albertine ; exactement celle-ci : « Ah ! c'est qu'à ce moment-là, à Balbec, je ne vous connaissais pas, je pouvais croire que vous aviez de mauvaises intentions. » Cette raison me laissa perplexe. Albertine me la donna sans doute sincèrement. Une femme a tant de peine à reconnaître dans les mouvements de ses membres, dans les sensations éprouvées par son corps, au cours d'un tête-à-tête avec un camarade, la faute inconnue où elle tremblait qu'un étranger préméditât de la faire tomber.

En tout cas, quelles que fussent les modifications survenues depuis quelque temps dans sa vie (et qui eussent peut-être expliqué qu'elle eût accordé aisément à mon désir momentané et purement physique, ce qu'à Balbec elle avait avec horreur refusé à mon amour), une bien plus étonnante se produisit en Albertine, ce soir-là même, aussitôt que ses caresses eurent amené chez moi la satisfaction dont elle dut bien s'apercevoir et dont j'avais même craint qu'elle ne lui causât le petit mouvement de répulsion et de pudeur offensée que Gilberte avait eu à un moment semblable, derrière le massif de lauriers, aux Champs-Elysées.

Ce fut tout le contraire. Déjà au moment où je l'avais couchée sur mon lit et où j'avais commencé à la caresser, Albertine avait pris un air que je ne lui connaissais pas de bonne volonté docile, de simplicité presque puérile. Effaçant d'elle toute préoccupation, toute prétention habituelle, le moment qui précède le plaisir, pareil en cela à celui qui suit la mort avait rendu à ses traits rajeunis comme l'innocence du premier âge. Et sans doute tout être dont le talent est soudain mis en jeu, devient modeste, appliqué et charmant ; surtout si par ce talent il sait nous donner un grand plaisir, il en est lui-même heureux, veut nous le donner bien complet. Mais dans cette expression nouvelle du visage d'Albertine il y avait plus que du désintéressement et de la conscience, de la générosité professionnelles, une sorte de dévouement conventionnel et subit ; et c'est plus loin qu'à sa propre enfance, mais à la jeunesse de sa race qu'elle était revenue. Bien différente de moi qui n'avais rien souhaité de plus qu'un apaisement physique, enfin obtenu, Albertine semblait trouver qu'il y eût eu de sa part quelque grossièreté à croire que ce plaisir matériel allât sans un sentiment moral et terminât quelque chose. Elle si pressée tout à l'heure, maintenant sans doute et parce qu'elle trouvait que les baisers impliquent l'amour et que l'amour l'emporte sur tout autre devoir, disait, quand je lui rappelai son dîner :

— Mais ça ne fait rien du tout, voyons, j'ai tout mon temps.

Elle semblait gênée de se lever tout de suite après ce qu'elle venait de faire, gênée par bienséance, comme Françoise quand elle croyait, sans avoir soif, devoir accepter avec une gaieté décente, le verre de vin que Jupien lui offrait, n'aurait pas osé partir aussitôt la dernière gorgée bue, quelque devoir impérieux qui l'eût rappelée. Albertine

— et c'était peut-être avec une autre que l'on verra plus tard, une des raisons qui m'avait à mon insu fait la désirer

— était une des incarnations de la petite paysanne française dont le modèle est en pierre à Saint-André-des-Champs. De Françoise qui devait pourtant bientôt devenir sa mortelle ennemie, je reconnus en elle la courtoisie envers l'hôte et l'étranger, la décence, le respect de la couche.

Françoise, après la mort de ma tante, ne croyait pouvoir parler que sur un ton apitoyé, et dans les mois qui précédèrent le mariage de sa fille eût trouvé choquant, quand celle-ci se promenait avec son fiancé, qu'elle ne le tînt pas par le bras. Albertine immobilisée auprès de moi, me disait :

— Vous avez de jolis cheveux, vous avez de beaux yeux, vous êtes gentil.

Comme lui ayant fait remarquer qu'il était tard, j'ajoutais : « Vous ne me croyez pas ? » elle me répondit ce qui était peut-être vrai mais seulement depuis deux minutes et pour quelques heures :

— Je vous crois toujours.

Elle me parla de moi, de ma famille, de mon milieu social. Elle me dit : « Oh ! je sais que vos parents connaissent des gens très bien.

Vous êtes ami de Robert Forestier et de Suzanne Delage. » A la première minute, ces noms ne me dirent absolument rien. Mais tout d'un coup, je me rappelai que j'avais en effet joué aux Champs-Elysées avec Robert Forestier que je n'avais jamais revu. Quant à Suzanne Delage, c'était la petite nièce de Mme Blandais et j'avais dû une fois aller à une leçon de danse et même tenir un petit rôle dans une comédie de salon, chez ses parents. Mais la peur d'avoir le fou rire, et des saignements de nez m'avaient empêché, de sorte que je ne l'avais jamais vue. J'avais tout au plus cru comprendre autrefois que l'institutrice à plumet des Swann avait été chez ses parents, mais peut-être n'était-ce qu'une sœur de cette institutrice ou une amie. Je protestai à Alhertine que Robert Forestier et Suzanne Delage tenaient peu de place dans ma vie. « C'est possible, vos mères sont liées, cela permet de vous situer. Je croise souvent Suzanne Delage avenue de Messine, elle a du chic. » Nos mères ne se connaissaient que dans l'imagination de Mme Bontemps qui, ayant su que j'avais joué jadis avec Robert Forestier auquel, paraît-il, je récitais des vers, en avait conclu que nous étions unis par des relations de famille. Elle ne laissait jamais, m'a-t-on dit, passer le nom de maman sans dire : « Ah ! oui, c'est le milieu des Delage, des Forestier, etc. », donnant à mes parents un bon point qu'ils ne méritaient pas.

Spontanément, par un devoir de confidences que le rapprochement des corps crée, au début du moins, avant qu'il n'engendre la duplicité spéciale et le secret envers le même être, Albertine me raconta sur sa famille et un oncle d'Andrée une histoire dont elle avait, à Balbec, refusé de me dire un seul mot, mais elle ne pensait pas qu'elle dût paraître avoir encore des secrets à mon égard. Maintenant sa meilleure amie lui eût raconté quelque chose contre moi qu'elle se fût fait un devoir de me le rapporter. J'insistai pour qu'elle rentrât, elle finit par partir, mais si confuse pour moi de ma grossièreté, qu'elle riait presque pour m'excuser, comme une maîtresse de maison chez qui on va en veston, qui vous accepte ainsi mais à qui cela n'est pas indifférent.

— Vous riez ? lui dis-je.

— Je ne ris pas, je vous souris, me répondit-elle tendrement. Quand est-ce que je vous revois ? ajouta-t-elle comme n'admettant pas que ce que nous venions de faire, puisque c'en est d'habitude le couronnement, ne fût pas au moins le prélude d'une amitié grande, d'une amitié préexistante et que nous nous devions de découvrir, de confesser et qui seule pouvait expliquer ce à quoi nous nous étions livrés.

— Puisque vous m'y autorisez, quand je serai libre, je vous ferai chercher.

Je n'osai lui dire que je voulais tout subordonner à la possibilité de voir Mme de Stermaria. — Hélas ! ce sera à l'improviste, je ne sais jamais d'avance, lui dis-je. Serait-ce possible que je vous fisse chercher le soir quand je serai libre ?

— Ce sera très possible bientôt, car j'aurai une entrée indépendante de celle de ma tante. Mais en ce moment c'est impraticable. En tout cas je viendrai à tout hasard demain ou après-

66

demain dans l'après-midi. Vous ne me recevrez que si vous le pouvez.

Arrivée à la porte, étonnée que je ne l'eusse pas devancée, elle me tendit sa joue, trouvant qu'il n'était nul besoin d'un grossier désir physique pour que maintenant nous nous embrassions. Comme les courtes relations que nous avions eues tout à l'heure ensemble étaient de celles auxquelles conduisent parfois une intimité absolue et un choix du cœur, Albertine avait cru devoir improviser et ajouter momentanément aux baisers que nous avions échangés sur mon lit, le sentiment dont ils eussent été le signe pour un chevalier et sa dame tels que pouvait les concevoir un jongleur gothique.

II
Une agonie

« Monsieur, je ne dis pas, mais vous n'avez pas pris de rendez-vous avec moi, vous n'avez pas de numéro. D'ailleurs ce n'est pas mon jour de consultation. Vous devez avoir votre médecin. Je ne peux pas me substituer, à moins qu'il ne me fasse appeler en consultation. C'est une question de déontologie... »

Au moment où je faisais signe à un fiacre, j'avais rencontré le fameux Professeur E..., presque ami de mon père et de mon grand-père, en tous les cas en relations avec eux, et pris d'une inspiration subite je l'avais arrêté au moment où il rentrait, pensant qu'il serait peut-être d'un excellent conseil pour ma grand-mère. Mais pressé, après avoir pris ses lettres, il voulait m'éconduire, et je ne pus lui parler qu'en montant avec lui dans l'ascenseur, dont il me pria de le laisser manœuvrer les boutons, c'était chez lui une manie.

« Mais, Monsieur, je ne vous demande pas que vous receviez ma grand-mère, vous comprendrez après ce que je veux vous dire, elle est peu en état, je vous demande au contraire de passer d'ici une demi-heure chez nous, où elle sera rentrée. »

« Passer chez vous ? mais Monsieur, vous n'y pensez pas. Je dîne chez le Ministre du Commerce, il faut que je fasse une visite avant, je vais m'habiller tout de suite, pour comble de malheur mon habit a été déchiré et l'autre n'a pas de boutonnière pour passer les décorations. Je vous en prie, faites-moi le plaisir de ne pas toucher les boutons de l'ascenseur, vous ne savez pas les manœuvrer, il faut être prudent en tout. Cette boutonnière va me retarder encore. Enfin par amitié pour les vôtres si votre grand-mère vient tout de suite je la recevrai, mais je vous préviens que je n'aurai qu'un petit quart d'heure bien juste à lui donner. »

J'étais reparti aussitôt n'étant même pas sorti de l'ascenseur que le Professeur E... avait mis lui-même en marche pour me faire descendre non sans me regarder avec méfiance.

J'ai pensé depuis que ce moment de son attaque n'avait pas dû surprendre entièrement ma grand-mère, que peut-être même elle l'avait prévu longtemps d'avance, avait vécu dans son attente. Sans doute, elle n'avait pas su quand ce moment fatal viendrait, incertaine, pareille aux amants qu'un doute du même genre porte tour à tour à fonder des espoirs déraisonnables et des soupçons injustifiés sur la fidélité de leur maîtresse. Mais il est rare que ces grandes maladies, telles que celle qui venait enfin de la frapper en plein visage, n'élisent pas pendant longtemps domicile chez le malade avant de le tuer, et durant cette période ne se fassent pas assez vite, comme un voisin ou un locataire « liant », connaître de lui. C'est une terrible connaissance, moins par les souffrances qu'elle cause que par l'étrange nouveauté des restrictions définitives qu'elle impose à. la vie. On se voit mourir, dans ce cas, non pas à l'instant même de la mort, mais des mois, quelquefois des années auparavant, depuis qu'elle est hideusement venue habiter chez nous. La malade fait la connaissance de l'étranger qu'elle entend aller et venir dans son cerveau. Elle ne le connaît pas de vue, mais des bruits qu'elle l'entend régulièrement faire, elle déduit ses habitudes. Est-ce un malfaiteur ? Un matin, elle ne l'entend plus. Il est parti. Ah ! si c'était pour toujours ! Le soir, il est revenu. Quels sont ses desseins ? Le médecin consultant, soumis à la question, comme une maîtresse adorée, répond par des serments tel jour crus, tel jour mis en doute. Au reste, plutôt que celui de la maîtresse, le médecin joue le rôle des serviteurs interrogés. Ils ne sont que des tiers. Celle que nous pressons, dont nous soupçonnons qu'elle est sur le point de nous trahir, c'est la vie elle-même et malgré que nous ne la sentions plus la même, nous crevons encore en elle, mais demeurons dans le douce jusqu'au jour qu'elle nous a enfin abandonnés.

Je mis ma grand-mère dans l'ascenseur du Professeur E... et au bout d'un instant il vint à nous et nous fit passer dans son cabinet. Mais là, si pressé qu'il fût, son air rogue changea car les habitudes sont les plus fortes et il avait gardé celle d'être aimable, voire enjoué, avec ses malades. Comme il savait ma grand-mère très lettrée, et qu'il l'était aussi, il se mit à lui citer pendant deux ou trois minutes de beaux vers sur le temps radieux qu'il faisait, puis l'assit dans un fauteuil, lui à contre-jour de manière à bien l'examiner. Cet examen fut minutieux, nécessita même que je sortisse un instant. Il le continua encore, puis ayant fini, se mit, bien que le quart d'heure touchât à sa fin, à refaire quelques citations à ma grand-mère. Il lui adressa même quelques plaisanteries assez fines que, pour elles-mêmes, j'eusse préféré entendre un autre jour, mais qui me rassurèrent complètement par leur ton amusé. Je me rappelai aussitôt que M. Fallières, Président du Sénat, avait eu, il y avait nombre d'années, une fausse attaque et qu'au désespoir de ses concurrents il s'était mis trois jours après à reprendre ses fonctions de président, et préparait, disait-on, une candidature plus ou moins lointaine à la Présidence de la

République. Ma confiance en un prompt rétablissement de ma grand-mère fut d'autant plus complète que, au moment où je me rappelais l'exemple de M. Fallières, je fus tiré de la pensée de ce rapprochement par un franc éclat de rire qui termina une plaisanterie du Professeur E. Sur quoi il tira sa montre, fronça fiévreusement le sourcil en voyant qu'il était en retard de cinq minutes et tout en nous disant adieu sonna pour qu'on apportât immédiatement son habit. Je laissai ma grand-mère passer devant, refermai la porte et demandai la vérité au Professeur.

— Votre grand-mère est perdue, me dit-il. C'est une attaque provoquée par l'urémie. En soi l'urémie n'est pas fatalement un mal mortel, mais le cas me paraît désespéré. Je n'ai pas besoin de vous dire que je désire me tromper. Du reste avec Cottard vous êtes en excellentes mains. Excusez-moi, ajouta-t-il, en voyant la femme de chambre entrer qui portait sur le bras l'habit noir du Professeur. Vous savez que je dîne chez le Ministre du Commerce, j'ai une visite à faire avant. Ah ! la vie n'est pas que roses, comme on le croit à votre âge.

Et il me tendit gracieusement la main. J'avais refermé la porte et un valet de chambre nous guidait dans l'antichambre, ma grand-mère et moi, quand nous entendîmes de grands cris de colère. La femme de chambre avait oublié de percer la boutonnière pour les décorations. Cela allait demander encore dix minutes. Le professeur tempêtait toujours pendant que je regardais sur le palier ma grand-mère qui était perdue. Chaque personne est bien seule. Nous repartîmes vers la maison.

Quand grâce aux soins parfaits de Françoise ma grand-mère fut couchée, elle se rendit compte qu'elle parlait beaucoup plus facilement, le petit déchirement ou encombrement d'un vaisseau qu'avait produit l'urémie avait sans doute été très léger. Alors elle voulut ne pas faire faute à maman, l'assister dans les instants les plus cruels que celle-ci eût encore traversés.

— Hé bien ! ma fille, lui dit-elle, en lui prenant la main, et en gardant l'autre devant sa bouche pour donner cette cause apparente à la légère difficulté qu'elle avait encore à prononcer certains mots, voilà comme tu plains ta mère ! tu as l'air de croire que ce n'est pas désagréable une indigestion !

Alors pour la première fois les yeux de ma mère se posèrent passionnément sur ceux de ma grand-mère, ne voulant pas voir le reste de son visage, et elle dit, commençant la liste de ces faux serments que nous ne pouvons pas tenir :

— Maman, tu seras bientôt guérie, c'est ta fille qui s'y engage.

Et enfermant son amour le plus fort, toute sa volonté que sa mère guérît, dans un baiser à qui elle les confia et qu'elle accompagna de sa pensée, de tout son être jusqu'au bord de ses lèvres, elle alla le déposer humblement, pieusement sur le front adoré.

Ma grand-mère se plaignait d'une espèce d'alluvion de couvertures qui se faisait tout le temps du même côté sur sa jambe gauche et qu'elle ne pouvait pas arriver à soulever. Mais elle ne se rendait pas compte qu'elle en était elle-même la cause (de sorte qu'elle accusait injustement Françoise de mal « retaper » son lit). Par un mouvement convulsif elle rejetait de ce côté tout le flot de ces écumantes couvertures de fine laine qui s'y amoncelaient comme les sables dans une baie bien vite transformée en grève (si on y construit une digue), par les apports successifs du flux.

Ma mère et moi, (de qui le mensonge était d'avance percé à jour par Françoise, perspicace et offensante), nous ne voulions même pas dire que ma grand-mère fût très malade, comme si cela eût pu faire plaisir aux ennemis, qu'elle n'avait d'ailleurs pas, et eût été plus affectueux de trouver qu'elle n'allait pas si mal que ça, en somme par le même sentiment instinctif qui m'avait fait supposer que Andrée plaignait trop Albertine pour l'aimer beaucoup. Les mêmes phénomènes se reproduisent des particuliers à la masse, dans les grandes crises. Dans une guerre celui qui n'aime pas son pays n'en dit pas de mal, mais le croit perdu, le plaint, voit les choses en noir.

Françoise nous rendait un service infini par sa faculté de se passer de sommeil, d'accomplir les besognes les plus dures. Et si, étant allée se coucher après plusieurs nuits passées debout, on était obligé de l'appeler un quart d'heure après qu'elle s'était endormie, elle était si heureuse de pouvoir faire des choses pénibles comme si elles eussent été les plus simples du monde que, loin de rechigner, elle montrait sur son visage de la satisfaction et de la modestie. Seulement quand arrivait l'heure de la messe, et l'heure du premier déjeuner, ma grand-mère eût-elle été agonisante, que Françoise se fût éclipsée à temps pour ne pas être en retard. Elle ne pouvait être suppléée en rien par son jeune valet de pied. Après avoir pris chez moi, à l'exemple de Victor, tout mon papier à lettres, il s'était mis, de plus, à emporter des volumes de vers. Il les lisait une bonne moitié de la journée par admiration pour les poètes qui les avaient composés, mais aussi afin, pendant l'autre moitié de son tem.ps, d'émailler de citations les lettres qu'il écrivait à ses amis de village. Certes, il pensait ainsi les éblouir. Mais, comme il avait peu de suite dans les idées, il s'était formé celle-ci que ces poèmes trouvés dans ma bibliothèque étaient chose connue de tout le monde et à quoi il est courant de se reporter. Si bien qu'écrivant à ces paysans dont il escomptait la stupéfaction, il entremêlait, comme on verra, ses propres réflexions de vers de Lamartine, comme il eût dit : qui vivra verra, ou même : bonjour.

À cause des souffrances de ma grand-mère on lui permit la morphine. Malheureusement si celle-ci les calmait, elle augmentait aussi la dose d'albumine. Les coups que nous destinions au mal qui s'était installé en grand-mère, portaient toujours à faux, c'était elle, c'était son pauvre corps interposé qui les recevait, sans qu'elle se plaignît qu'avec un faible gémissement. Et les douleurs que nous lui causions n'étaient pas compensées par un bien que nous ne pouvions lui faire. Le mal féroce que nous aurions voulu exterminer, c'est à peine si nous l'avions frôlé, nous ne faisions que l'exaspérer davantage, hâtant peut-être l'heure où la captive serait dévorée. Les jours où la dose d'albumine avait été trop forte, Cottard, après une hésitation, refusait la morphine. Chez cet homme si insignifiant, si commun, il y avait, dans ces courts moments où il délibérait, où les dangers d'un traitement et les dangers d'un autre se disputaient en lui jusqu'à ce qu'il s'arrêtât à l'un, la sorte de grandeur d'un général qui, vulgaire dans le reste de la vie, est un grand stratège, et qui dans un moment périlleux, après avoir réfléchi un instant conclut pour ce qui militairement est le plus sage et dit : « Faites face à l'est ». Médicalement si peu d'espoir qu'il y eût de mettre un terme à cette crise d'urémie, il ne fallait pas fatiguer le rein. Mais quand ma grand-mère n'avait pas de morphine, ses douleurs devenaient intolérables ; un certain mouvement qui lui était difficile à accomplir sans gémir, elle le recommençait perpétuellement car, pour une grande part, la souffrance est une sorte de besoin de l'organisme de prendre conscience d'un état nouveau qui l'inquiète, de rendre la sensibilité adéquate à cet état. On peut discerner cette origine de la douleur dans le cas d'incommodités qui n'en sont pas pour tout le monde. Dans une chambre remplie d'une fumée à l'odeur pénétrante, deux hommes grossiers entreront et vaqueront à leurs affaires ; un troisième, d'organisme plus fin, trahira un trouble incessant. Ses narines ne cesseront de renifler anxieusement l'odeur qu'il devrait, semble-t-il, essayer de ne pas sentir et qu'il cherchera chaque fois à faire adhérer par une connaissance plus exacte à son odorat incommodé. De là vient sans doute qu'une vive préoccupation empêche de se plaindre d'une rage de dents. Quand ma grand-mère souffrait ainsi, la sueur coulait sur son grand front mauve, y collant les mèches blanches, et, si elle croyait que nous n'étions pas dans la chambre, elle poussait des cris : «Ah ! c'est affreux !», mais, apercevait-elle ma mère, aussitôt elle employait toute son énergie à effacer de son visage les traces de douleur, ou, au contraire', répétait les mêmes plaintes en les accompagnant d'explications qui donnaient rétrospectivement un autre sens à celles que nous avions pu entendre :

— Ah ! ma fille, c'est affreux, rester couchée par ce beau soleil quand on voudrait aller se promener, je pleure de rage contre vos prescriptions.

Mais elle ne pouvait empêcher le gémissement de ses regards, la sueur de son front, le sursaut convulsif, aussitôt réprimé, de ses membres.

— Je n'ai pas de mal, je me plains parce que je suis mal couchée, je me sens les cheveux en désordre, j'ai mal au cœur, je me suis cognée contre le mur.

Et ma mère, au pied du lit, rivée à cette souffrance comme si, à force de percer de son regard ce front douloureux, ce corps qui recelait le mal, elle eût dû finir par l'atteindre et l'emporter, ma mère disait :

— Non, ma petite maman, nous ne te laisserons pas souffrir comme ça, c'est ta fille qui te le dit, on va trouver quelque chose, prends patience une seconde, me permets-tu de t'embrasser sans que tu aies à bouger ?

Et penchée sur le lit, les jambes fléchissantes, à demi agenouillée, comme si, à force d'humilité, elle avait plus de chance de faire exaucer le don passionné d'elle-même, elle inclinait vers ma grand-mère toute sa vie dans son visage comme dans un ciboire qu'elle lui tendait, décoré en reliefs de fossettes et de plissements si passionnés, si désolés et si doux qu'on ne savait pas s'ils y étaient creusés par le ciseau d'un baiser, d'un sanglot ou d'un sourire. Ma grand-mère essayait, elle aussi, de tendre vers maman son visage. Il avait tellement changé que sans doute si elle eût eu la force de sortir, on ne l'eut reconnue qu'à la plume de son chapeau. Ses traits comme dans un travail de sculpture semblaient s'appliquer, dans un effort qui la détournait de tout le reste, à se conformer à certain modèle que nous ne connaissions pas. Ce travail du statuaire touchait à sa fin et si la figure de ma grand-mère avait diminué, elle avait également durci. Les veines qui la traversaient semblaient celles non pas d'un marbre mais d'une pierre plus rugueuse. Toujours penchée en avant par la difficulté de respirer, en même temps que repliée sur elle-même par la fatigue, sa figure fruste, réduite, atrocement expressive, semblait, dans une sculpture primitive, presque préhistorique, la figure rude, violâtre, rousse, désespérée, de quelque sauvage gardienne de tombeau. Mais toute l'œuvre n'était pas accomplie. Ensuite, il faudrait la briser, et puis dans ce tombeau — qu'on avait si péniblement gardé, avec cette dure contraction — descendre.

Dans un de ces moments où, selon l'expression populaire, on ne sait plus à quel saint se vouer, comme ma grand-mère toussait et éternuait beaucoup, on suivit le conseil d'un parent qui affirmait qu'avec le spécialiste X... on était hors d'affaire en trois jours. Les gens du monde disent cela de leur médecin et on les croit comme Françoise croyait les réclames des journaux. Le spécialiste vint avec sa trousse, chargée de tous les rhumes de ses clients, comme l'outre d'Éole. Ma grand-mère refusa net de se laisser examiner. Et nous, gênés pour le praticien qui s'était dérangé inutilement, nous déférâmes au désir qu'il exprima de visiter nos nez respectifs, lesquels pourtant n'avaient rien. Il prétendait que si^ et que migraine ou colique, maladie de cœur ou diabète, c'est une maladie du nez mal comprise. A chacun de nous il dit : « Voilà une petite cornée que je serais bien aise de revoir. N'attendez pas trop. Avec quelques pointes de feu je vous débarrasserai ». Certes nous pensions à tout autre chose. Pourtant nous nous demandions : « Mais débarrasser de quoi ? » Bref, tous nos nez étaient malades. Il ne se trompa qu'en mettant la chose au présent. Car dès le lendemain son examen et son pansement provisoire avaient accompli leur effet. Chacun de nous eut son catarrhe. Et comme il rencontra dans la rue mon père secoué par des quintes, il sourit à l'idée qu'un ignorant pût croire le mal dû à son intervention. Il nous avait examinés au moment où nous étions déjà malades.

La maladie de ma grand-mère donna lieu à diverses personnes de manifester un excès ou une insuffisance de sympathie qui nous surprirent tout autant que le genre de hasard par lequel les uns ou les autres nous découvraient des chaînons de circonstances, ou même d'amitiés que nous n'eussions pas soupçonnées. Et les marques d'intérêt données par les personnes qui venaient sans cesse prendre des nouvelles, nous révélaient la gravité d'un mal que jusque-là nous n'avions pas assez isolé, séparé des mille impressions douloureuses ressenties auprès de ma grand-mère. Prévenues par dépêche, ses sœurs ne quittèrent pas Combray. Elles avaient découvert un artiste qui leur donnait des séances d'excellente musique de chambre dans l'audition de laquelle elles pensaient trouver, mieux qu'au chevet de la malade, un recueillement, une élévation douloureuse, desquels la forme ne laissa pas de paraître insolite. Madame Sazerat écrivit à maman, mais comme une personne dont les fiançailles brusquement rompues (la rupture était le dreyfusisme) nous avaient à jamais séparés.

Le sixième jour, maman, pour obéir aux prières de grand-mère, dut la quitter un moment et faire semblant d'aller se reposer. J'aurais voulu que Françoise restât un instant sans bouger pour que ma grand-mère s'endormît. Malgré mes supplications, Françoise sortit de la chambre ; elle aimait ma grand-mère, avec sa clairvoyance et son pessimisme elle l'avait condamnée. Elle aurait donc voulu lui donner tous les soins possibles. Mais on venait de dire qu'il y avait un ouvrier électricien, beau-frère de son patron, estimé dans notre immeuble où il venait travailler depuis de longues années, et surtout de Jupien. On avait commandé cet ouvrier avant que ma grand-mère tombât malade. Il me semblait qu'on eût pu le faire repartir ou le laisser attendre. Mais le protocole de Françoise ne le permettait pas, elle aurait manqué de délicatesse envers ce brave homme, l'état de ma grand-mère ne comptait plus.

Quand au bout d'un quart d'heure, exaspéré, j'allai la chercher à la cuisine, je la trouvai causant avec lui sur le « carré » de l'escalier de service, dont la porte était ouverte, procédé qui avait l'avantage de permettre, si l'un de nous arrivait, de faire semblant qu'on allait se quitter mais qui envoyait d'affreux courants d'air. Françoise quitta donc l'ouvrier non sans lui avoir encore crié quelques compliments qu'elle avait oubliés pour sa femme et son beau-frère. Souci caractéristique de Combray, de ne pas manquer à la délicatesse et que Françoise portait jusque dans la politique extérieure. Les niais s'imaginent que les grosses dimensions des phénomènes sociaux sont une excellente occasion de pénétrer plus avant dans l'âme humaine ; ils devraient au contraire comprendre que c'est en descendant en profondeur dans une individualité qu'ils auraient chance de comprendre ces phénomènes. Françoise trouvait, avait mille fois répété au jardinier de Combray que la guerre est le plus insensé des crimes et que rien ne vaut, sinon vivre. Or, quand éclata la guerre russo-japonaise, elle était gênée que nous ne nous fussions pas mis en guerre pour aider « les pauvres Russes » « puisqu'on est alliance », disait-elle. Elle ne trouvait pas cela délicat vis-à-vis du czar qui avait toujours eu « de si bonnes paroles pour nous » ; c'était un effet du même code qui l'eût empêché de refuser à Jupien un petit verre, dont elle savait qu'il allait « contrarier sa digestion », et si près de la mort de ma grand-mère, la même malhonnêteté dont elle jugeait coupable la France, restée neutre à l'égard du Japon, elle eût cru la commettre, en n'allant pas s'excuser elle-même auprès de ce bon ouvrier électricien qui avait pris tant de dérangement.

Nous fûmes heureusement très vite débarrassés de la fille de Françoise, qui eut à s'absenter plusieurs semaines. Aux conseils habituels qu'on donnait à Combray à la famille d'un malade : « Vous n'avez pas essayé d'un petit voyage, le changement d'air, retrouver l'appétit, etc. », elle avait ajouté l'idée presque unique qu'elle s'était spécialement forgée et qu'aussi elle répétait chaque fois qu'on la voyait, sans se lasser et comme pour l'enfoncer dans la tête des autres. « Elle aurait dû se soigner radicalement dès le début. » Elle ne préconisait pas un genre de cure plutôt qu'un autre, pourvu que cette cure fût radicale. Quant à Françoise, elle voyait qu'on donnait peu de médicaments à ma grand-mère. Comme selon elle, ils ne servent qu'à vous abîmer l'estomac, elle en était heureuse, mais plus encore elle en était humiliée. Elle avait dans le Midi, des cousins, riches relativement — dont la fille, tombée malade en pleine adolescence, était morte à vingt-trois ans. Pendant ces quelques années, le père et la mère s'étaient ruinés en remèdes, en docteurs différents, en pérégrinations d'une « station » thermale à une autre, jusqu'au décès. Or cela paraissait à Françoise, pour ces parents-là, une espèce de luxe, comme s'ils avaient eu des chevaux de courses, un château. Eux-mêmes, si affligés qu'ils lussent, tiraient une certaine vanité de tant de dépenses. Ils n'avaient plus rien, ni surtout le bien le plus précieux, leur enfant, mais ils aimaient à répéter qu'ils avaient fait pour elle autant et plus que les gens les plus riches. Les rayons ultra-violets, à l'action desquels on avait plusieurs fois par jour, pendant des mois, soumis la malheureuse, les flattaient particulièrement. Le père enorgueilli dans sa douleur par une espèce de gloire, en arrivait quelquefois à parler de sa fille comme d'une étoile de l'Opéra pour laquelle il se fût ruiné. Françoise n'était pas insensible à tant de mise en scène. Celle qui entourait la maladie de ma grand-mère lui semblait un peu pauvre, bonne à une maladie sur un petit théâtre de province.

Il y eut un moment où les troubles de l'urémie se portèrent sur les yeux de ma grand-mère. Pendant quelques jours elle ne vit plus du tout. Ses yeux n'étaient nullement ceux d'une aveugle et restaient les mêmes. Et je compris seulement qu'elle ne voyait pas à l'étrangeté d'un certain sourire d'accueil qu'elle avait dès qu'on ouvrait la porte jusqu'à ce qu'on lui eût pris la main pour lui dire bonjour, sourire qui commençait trop tôt, et restait stéréotypé sur ses lèvres, fixe, mais toujours de face et tâchant à être vu de partout, parce qu'il n'y avait plus l'aide du regard pour le régler, lui indiquer le moment, la direction, le mettre au point, le faire varier au fur et à mesure du changement de place ou d'expression de la personne qui venait d'entrer; qu'il restait seul, sans sourire des yeux qui eût détourné un peu de lui l'attention du visiteur, et prenait par là, dans sa gaucherie une importance excessive, donnant l'impression d'une amabilité exagérée... Puis la vue revint complètement et des yeux le mal nomade passa aux oreilles. Pendant quelques jours, ma grand-mère fut sourde. Et comme elle avait peur d'être surprise par la brusque entrée de quelqu'un qu'elle n'aurait pas entendu venir, à tout moment (bien que couchée du côté du mur) elle détournait brusquement la tète vers la porte. Mais le mouvement de son cou était maladroit, car on ne se fait pas en quelques jours à cette transposition, sinon de regarder les bruits, du moins d'écouter avec les yeux. Enfin les douleurs diminuèrent, mais l'embarras de la parole augmenta. On était obligé de faire répéter à ma grand-mère à peu près tout ce qu'elle disait.

Selon notre médecin c'était un symptôme que la congestion du cerveau augmentait. Il fallait le dégager. Cottard hésitait. Françoise espéra un instant qu'on mettrait des ventouses « clarifiées ». Elle en chercha les effets dans mon dictionnaire, mais ne put les trouver. Eût-elle bien dit scarifiées au lieu de clarifiées qu'elle n'eût pas trouvé davantage cet adjectif, car elle ne le cherchait pas plus à la lettre C qu'à la lettre S : elle disait en effet clarifiées, mais écrivait (et par conséquent croyait que c'était écrit) « escarifiées ». Cottard, ce qui la déçut, donna, sans beaucoup d'espoir, la préférence aux sangsues. Quand, quelques heures après, j'entrai chez ma grand-mère, attachés à sa nuque, à ses tempes, à ses oreilles, les petits serpents noirs se tordaient dans sa chevelure ensanglantée, comme dans celle de Méduse. Mais dans son visage pâle et pacifié, entièrement immobile, je vis grands ouverts, lumineux et calmes, ses beaux yeux d'autrefois, (peut-être encore plus surchargés d'intelligence qu'ils n'étaient avant sa maladie, parce que, comme elle ne pouvait pas parler, ne devait pas bouger, c'est à ses yeux seuls qu'elle confiait sa pensée, la pensée qui tantôt tient en nous une place immense, nous offrant des trésors insoupçonnés, tantôt semble réduite ù rien, puis peut renaître comme par génération spontanée par quelques gouttes de sang qu'on tire), ses 3'eux, doux et liquides comme de l'huile, sur lesquels le feu rallumé qui brûlait éclairait devant la malade l'univers reconquis. Son calme n'était plus la sagesse du désespoir mais de l'espérance. Elle comprenait qu'elle allait mieux, voulait être prudente, ne remuait pas, et me fit seulement le don d'un beau sourire pour que je susse qu'elle se sentait mieux et me pressa légèrement la main.

Je savais quel dégoût ma grand-mère avait de voir certaines bêtes, à plus forte raison d'être touchée par elles. Je savais que c'était en considération d'une utilité supérieure qu'elle supportait les sangsues. Aussi, Françoise s'exaspérait-elle en lui répétant avec ces petits rires qu'on a avec un enfant qu'on veut faire jouer : « Oh ! les petites bébêtes qui courent sur

Madame ». C'était, de plus, traiter notre malade sans respect, comme si elle était tombée en enfance. Mais ma grand-mère, dont la figure avait pris la calme bravoure d'un stoïcien, n'avait même pas l'air d'entendre.

Hélas ! aussitôt les sangsues retirées, la congestion reprit de plus en plus grave. Je fus surpris qu'à ce moment où ma grand-mère était si mal, Françoise disparût à tout moment. C'est qu'elle s'était commandée une toilette de deuil et ne voulait pas faire attendre la couturière. Dans la vie de la plupart des femmes, tout, même le plus grand chagrin, aboutit à une question d'essayage.

Quelques jours plus tard, comme je dormais, ma mère vint m'appeler au milieu de la nuit. Avec les douces attentions que, dans les grandes circonstances, les gens qu'une profonde douleur accable témoignent fût-ce aux petits ennuis des autres :

— Pardonne-moi de venir troubler ton sommeil, me dit-elle.

— Je ne dormais pas, répondis-je en m'éveillant.

Je le disais de bonne foi. La grande modification qu'amène en nous le réveil est moins de nous introduire dans la vie claire de la conscience que de nous faire perdre le souvenir de la lumière un peu plus tamisée où reposait notre intelligence, comme au fond opalin des eaux. Les pensées à demi voilées sur lesquelles nous voguions il y a un instant encore, entraînaient en nous un mouvement parfaitement suffisant pour que nous ayons pu les désigner sous le nom de veille. Mais les réveils trouvent alors une interférence de mémoire. Peu après nous les qualifions sommeil parce que nous ne nous les rappelons plus. Et quand luit cette brillante étoile qui, à l'instant du réveil, éclaire derrière le dormeur son sommeil tout entier, elle lui fait croire pendant quelques secondes que c'était non du sommeil, mais de la veille ; étoile filante à vrai dire qui emporte avec sa lumière l'existence mensongère, mais les aspects aussi du songe et permet seulement à celui qui s'éveille de se dire : « J'ai dormi ».

D'une voix si douce qu'elle semblait craindre de me faire mal, ma mère me demanda si cela ne me fatiguerait pas trop de me lever, et me caressant les mains :

— Mon pauvre petit, ce n'est plus maintenant que sur ton papa et sur ta maman que tu pourras compter.

Nous entrâmes dans la chambre. Courbée en demi-cercle sur le lit, un autre être que ma grand-mère, une espèce de bête qui se serait affublée de ses cheveux et couchée dans ses draps, haletait, geignait, de ses convulsions secouait les couvertures. Les paupières étaient closes et c'est parce qu'elles fermaient mal plutôt que parce qu'elles s'ouvraient qu'elles laissaient voir un coin de prunelle, voilé, chassieux, reflétant l'obscurité d'une vision organique et d'une souffrance interne. Toute cette agitation ne s'adressait pas à nous qu'elle ne voyait pas, ni ne connaissait. Mais si ce n'était plus qu'une bête qui remuait là, ma grand-mère où était-elle ? On reconnaissait pourtant la forme de son nez, sans proportion maintenant avec le reste de la figure, mais au coin duquel un grain de beauté restait attaché, sa main qui écartait les couvertures d'un geste qui eût autrefois signifié que ces couvertures la gênaient et qui maintenant ne signifiait rien.

Maman me demanda d'aller chercher un peu d'eau et de vinaigre pour imbiber le front de grand-mère. C'était la seule chose qui la rafraîchissait, croyait maman qui la voyait essayer d'écarter ses cheveux. Mais on me fit signe par la porte de venir. La nouvelle que ma grand-mère était à toute extrémité s'était immédiatement répandue dans la maison. Un de ces « extras » qu'on lait venir dans les périodes exceptionnelles pour soulager la fatigue des domestiques, ce qui fait que les agonies ont quelque chose des fêtes, venait d'ouvrir au duc de Guermantes lequel resté dans l'antichambre me demandait : je ne pus lui échapper.

— Je viens, mon cher monsieur, me dit-il, d'apprendre ces nouvelles macabres. Je voudrais en signe de sympathie serrer la main à monsieur votre père.

Je m'excusai sur la difficulté de le déranger en ce moment. M. de Guermantes tombait comme au moment où on part en voyage. Mais il sentait tellement l'importance de la politesse qu'il nous faisait, que cela lui cachait le reste et qu'il voulait absolument entrer au salon. En général, il avait l'habitude de tenir à l'accomplissement complet des formalités dont il avait décidé d'honorer quelqu'un et il s'occupait peu que les malles fussent faites ou le cercueil prêt.

— Avez-vous fait venir Dieulafoy ? Ah ! c'est une grave erreur. Et si vous me l'aviez demandé, il serait venu pour moi, il ne me refuse rien, bien qu'il ait refusé à la duchesse de Chartres. Vous voyez, je me mets carrément au-dessus d'une princesse du sang. D'ailleurs devant la mort nous sommes tous égaux, ajouta-t-il, non pour me persuader que ma grand-mère devenait son égale, mais ayant peut-être senti qu'une conversation prolongée relativement à son pouvoir sur Dieulafoy et à sa prééminence sur la duchesse de Chartres ne serait pas de très bon goût.

Son conseil du reste ne m'étonnait pas. Je savais que chez les Guermantes, on citait toujours le nom de Dieulafoy (avec un peu plus de respect seulement) comme celui d'un « fournisseur » sans rival. Et la vieille duchesse de Mortemart née Guermantes (il est impossible de comprendre, pourquoi dès qu'il s'agit d'une duchesse on dit presque toujours : « la vieille duchesse de » ou tout au contraire, d'un air fin et Watteau si elle est jeune, la « petite duchesse de »), préconisait presque mécaniquement en clignant de l'œil dans les cas graves « Dieulafoy, Dieulafoy », comme si on avait besoin d'un glacier « Poiré Blanche » ou pour des petits fours « Rebattet, Rebattet ». Mais j'ignorais que mon père venait précisément de faire demander Dieulafoy.

A ce moment ma mère, qui attendait avec impatience des ballons d'oxygène qui devaient rendre plus aisée la respiration de ma grand-mère, entra elle-même dans l'antichambre où elle ne savait guère trouver M. de Guermantes. J'aurais voulu le cacher n'importe où. Mais persuadé que rien n'était plus essentiel, ne pouvait d'ailleurs la flatter davantage et n'était plus indispensable à maintenir sa réputation de parfait gentilhomme, il me prit violemment par le bras et malgré que je me défendisse comme contre un viol par des : « Monsieur, monsieur, monsieur » répétés, il m'entraîna vers maman en me disant : « Voulez-vous me faire le grand honneur de me présenter à madame votre mère ! », en déraillant un peu sur le mot mère. Et, il trouvait tellement que l'honneur était pour elle qu'il ne pouvait s'empêcher de sourire tout en faisant une figure de circonstance. Je ne pus faire autrement que de le nommer, ce qui déclancha aussitôt de sa part des courbettes, des entrechats, et il allait commencer toute la cérémonie complète du salut. Il pensait même entrer en conversation, mais ma mère, noyée dans sa douleur, me dit de venir vite, et ne répondit même pas aux phrases de M. de Guermantes qui, s'attendant à être reçu en visite, et se trouvant au contraire laissé seul dans l'antichambre, eut fini par sortir, si au même moment il n'avait vu entrer Saint-Loup arrivé le matin même et accouru aux nouvelles. « Ah ! elle est bien bonne ! » s'écria joyeusement le duc en attrapant son neveu par sa manche qu'il faillit arracher, sans se soucier de la présence de ma mère qui retraversait l'antichambre. Saint-Loup n'était pas fâché, je crois, malgré son sincère chagrin, d'éviter de me voir, étant donné ses dispositions pour moi. Il s'en alla, entraîné par son oncle qui, ayant quelque chose de très important à lui dire, et ayant failli pour cela partir à Doncières, ne pouvait pas en croire sa joie d'avoir pu économiser un tel dérangement. « Ah ! si on m'avait dit que je n'avais qu'à traverser la cour et que je te trouverais ici, j'aurais cru à une vaste blague ; comme dirait ton camarade M. Bloch, c'est assez farce. » Et tout en s'éloignant avec Robert qu'il tenait par l'épaule : « C'est égal, répétait-il, on voit bien que je viens de toucher de la corde de pendu ou tout comme ; j'ai une sacrée veine ». Ce n'est pas que le duc de Guermantes fût mal élevé, au contraire. Mais il était de ces hommes incapables de se mettre à la place des autres, de ces hommes en tête desquels il faut placer la plupart des médecins et les croque-morts, et qui après avoir pris une figure de circonstance et dit : « ce sont des instants très pénibles », vous avoir au besoin embrassé et conseillé le repos, ne considèrent plus une agonie ou un enterrement que comme une réunion mondaine plus ou moins restreinte où, avec une jovialité comprimée un instant, ils cherchent des yeux la personne à qui ils peuvent parler de leurs petites affaires, demander de les présenter à une autre ou « offrir une place » dans leur voiture pour les « ramener ». Le duc de Guermantes, tout en se félicitant du c bon vent » qui l'avait poussé vers son neveu, resta si étonné de l'accueil pourtant si naturel de ma mère, qu'il déclara plus tard qu'elle était aussi désagréable que mon père était poli, qu'elle avait des « absences » pendant lesquelles elle semblait même ne pas entendre les choses qu'on lui disait, et, qu'à son avis elle n'avait pas toute sa tète à elle. Il voulut bien cependant, à ce qu'on me dit, mettre cela en partie sur le compte des circonstances et déclarer que ma mère lui avait paru très « affectée » par cet événement. Mais il gardait encore dans les Jambes tout le reste des saluts et révérences à reculons qu'on l'avait empêché de mener à leur fin et se rendait d'ailleurs si peu compte de ce que c'était que le chagrin de maman, qu'il demanda, la veille de l'enterrement, si je n'essayais pas de la distraire.

Un beau-frère de ma grand-mère qui était religieux, et que je ne connaissais pas, télégraphia en .Autriche où était le chef de son ordre et ayant, par faveur exceptionnelle, obtenu l'autorisation, vint ce jour-là. Accablé de tristesse, il lisait à côté du lit des textes de prières et de méditations sans cependant détacher ses yeux en vrille-de la malade. A un moment où ma grand-mère était sans connaissance, la vue de la tristesse de ce prêtre me fit mal, et je le regardai. Il parut surpris de ma pitié et il se produisit alors quelque chose de singulier. Il joignit ses mains sur sa figure comme un homme absorbé dans une méditation douloureuse, mais comprenant que j'allais détourner de lui les yeux, je vis qu'il avait laissé un petit écart entre ses doigts. Et au moment où mes regards le quittaient, j'aperçus son œil aigu qui avait profité de cet abri de ses mains pour observer si ma douleur était sincère. Il était embusqué là comme dans l'ombre d'un confessionnal. Il s'aperçut que je le voyais et aussitôt clôtura hermétiquement le grillage qu'il avait laissé entr'ouvert. Je l'ai revu plus tard et jamais entre nous il ne fut question de cette minute. Il fut tacitement convenu que je n'avais pas remarqué qu'il m'épiait. Chez le prêtre comme chez l'aliéniste, il y a toujours quelque chose du juge d'instruction. D'ailleurs quel est l'ami, si cher soit-il, dans le passé commun avec le nôtre de qui il n'y ait pas de ces minutes dont nous ne trouvions plus commode de nous persuader qu'il a dû les oublier.

Le médecin fit une piqûre de morphine et pour rendre la respiration moins pénible demanda des ballons d'oxygène. Ma mère, le docteur, la sœur les tenaient dans leurs mains, dès que l'un était fini, on leur en passait un autre. J'étais sorti un moment de la chambre. Quand je rentrai je me trouvai comme devant un miracle. Accompagnée en sourdine par un murmure incessant, ma grand-mère semblait nous adresser un long chant heureux qui remplissait la chambre, rapide et musical. Je compris bientôt qu'il n'était guère moins inconscient, qu'il était aussi purement mécanique, que le râle de tout à l'heure. Peut-être reflétait-il dans une faible mesure quelque bien-être apporté par la morphine. Il résultait surtout, l'air ne passant plus tout à fait de la même façon dans les bronches, d'un changement de registre de la respiration. Dégagé par la double action de l'oxygène et de la morphine, le souffle de ma grand-mère ne peinait plus, ne geignait plus, mais vif, léger, glissait, patineur, vers le fluide délicieux. Peut-être à l'haleine, insensible comme celle du vent dans la flûte d'un roseau, se mêlait-il dans ce chant, quelques-uns de ces soupirs plus humains qui, libérés à l'approche de la mort, font croire à des impressions de souffrance ou de bonheur chez ceux qui déjà ne sentent plus, et venaient ajouter un accent plus mélodieux, mais sans changer son rythme, à cette longue phrase qui s'élevait, montait encore, puis retombait, pour s'élancer de nouveau, de la poitrine allégée, à la poursuite de l'oxygène. Puis, par moments, monté si haut, prolongé avec tant de force, ce chant mêlé d'un murmure de supplication dans la volupté semblait s'arrêter tout à fait comme une source s'épuise.

Françoise, quand elle avait un grand chagrin, éprouvait le besoin si inutile, mais ne possédait pas l'art si simple, de l'exprimer. Jugeant ma grand-mère tout à fait perdue, c'est ses impressions à elle, Françoise, qu'elle tenait à nous faire connaître. Et elle ne savait que répéter : « Cela me fait quelque chose », du même ton dont elle disait quand elle avait pris trop de soupe aux choux : « J'ai comme un poids sur l'estomac », ce qui dans les deux cas était plus naturel qu'elle ne semblait le croire. Si faiblement traduit, son chagrin n'en était pas moins très grand, aggravé d'ailleurs par l'ennui que sa fille, retenue à Combray (que la jeune Parisienne appelait maintenant la cambrousse et où elle se sentait devenir « pétrousse »), ne pût vraisemblablement revenir pour la cérémonie mortuaire que Françoise sentait devoir être quelque chose de superbe. Sachant que nous nous épanchions peu, elle avait à tout hasard convoqué d'avance Jupien pour tous les soirs de la semaine. Elle savait qu'il ne serait pas libre à l'heure de l'enterrement. Elle voulait du moins, au retour, le lui « raconter ».

Depuis plusieurs nuits mon père, mon grand-père, un de nos cousins veillaient et ne sortaient plus de la maison. Leur dévouement continu finissait par prendre un masque d'indifférence et l'interminable oisiveté autour de cette agonie leur faisait tenir ces mêmes propos qui sont inséparables d'un séjour prolongé dans un wagon de chemin de fer. D'ailleurs ce cousin (le neveu de ma grand-tante) excitait chez moi autant d'antipathie qu'il méritait et obtenait généralement d'estime.

On le « trouvait » toujours dans les circonstances graves, et il était si assidu auprès des mourants, que les familles, prétendant qu'il était délicat de santé, malgré son apparence robuste, sa voix de basse-taille et sa barbe de sapeur, le conjuraient toujours avec les périphrases d'usage de ne pas venir à l'enterrement. Je savais d'avance que maman qui pensait' aux autres au milieu de la plus immense douleur lui dirait sous une tout autre forme ce qu'il avait l'habitude de s'entendre toujours dire :

— Promettez-moi que vous ne viendrez pas « demain ». Faites-le pour « elle ». Au moins n'allez pas « là-bas ». Elle vous aurait demandé de ne pas venir.

Rien n'y faisait ; il était toujours le premier à la « maison » à cause de quoi on lui avait donné, dans un autre milieu, le surnom que nous ignorions de « ni fleurs ni couronnes ». Et avant d'aller à « tout», il avait toujours « pensé à tout », ce qui lui valait ces mots : « Vous, on ne vous dit pas merci ».

— Quoi ? demanda dune voix forte mon grand-père qui était devenu un peu sourd et qui n'avait pas entendu quelque chose que mon cousin venait de dire à mon père.

— Rien, répondit le cousin. Je disais seulement que j'avais reçu ce matin une lettre de Combray où il fait un temps épouvantable et ici un soleil trop chaud.

— Et pourtant le baromètre est très bas, dit mon père.

— Où ça dites-vous qu'il l'ait mauvais temps ? demanda mon grand-père.

— A Combray.

— Ah ! cela ne m'étonne pas, chaque fois qu'il fait mauvais ici, il fait beau à Combray et vice versa. Ah ! mon Dieu : vous parlez de Combray : a-t-on pensé à prévenir Legrandin ?

— Oui, ne vous tourmentez pas, c'est fait, dit mon cousin dont les joues bronzées par une barbe trop forte sourirent imperceptiblement, de la satisfaction d'y avoir pensé.

A ce moment, mon père se précipita, je crus qu'il y avait du mieux ou du pire. C'était seulement le docteur Dieulafoy qui venait d'arriver. Mon père alla le recevoir dans le salon voisin, comme l'acteur qui doit venir jouer. On l'avait tait demander non pour soigner mais pour constater, comme une sorte de notaire. Le docteur Dieulafoy a pu en effet être un grand médecin, un professeur merveilleux ; à ces rôles divers où il excella, il en joignait un autre dans lequel il fut pendant quarante ans sans rival, un rôle aussi original que le raisonneur, le scaramouche ou le père noble, et qui était de venir constater l'agonie ou la mort. Son nom déjà présageait la dignité avec laquelle il tiendrait l'emploi et quand la servante disait : M. Dieulafoy, on se croyait chez Molière. A la dignité de l'attitude concourait sans se laisser voir la souplesse d'une taille charmante. Un visage en soi-même trop beau était amorti par la convenance à des circonstances douloureuses. Dans sa noble redingote noire, le professeur entrait, triste sans affectation, ne donnait pas une seule condoléance qu'on eût pu croire feinte et ne commettait pas non plus la plus légère infraction au tact. Aux pieds d'un lit de mort, c'était lui et non le duc de Guermantes qui était le grand seigneur. Après avoir regardé ma grand-mère sans la fatiguer, et avec un excès de réserve qui était une politesse au médecin traitant, il dit à voix basse quelques mots à mon père, s'inclina respectueusement devant ma mère, à qui je sentis que mon père se retenait pour ne pas dire : « Le professeur Dieulafoy ». Mais déjà celui-ci avait détourné la tête, ne voulant pas importuner et sortit de la plus belle façon du monde, en prenant simplement le cachet qu'on lui remit. Il n'avait pas eu l'air de le voir, et nous-mêmes nous demandâmes un moment si nous le lui avions remis, tant il avait mis de la souplesse d'un prestidigitateur à le faire disparaître, sans pour cela perdre rien de sa gravité plutôt accrue de grand consultant à la longue redingote à revers de soie, à la belle tête pleine d'une noble commisération. Sa lenteur et sa vivacité montraient que si cent visites l'attendaient encore, il ne voulait pas avoir l'air pressé. Car il était le tact, l'intelligence et la bonté même. Cet homme éminent n'est plus. D'autres médecins, d'autres professeurs ont pu l'égaler, le dépasser peut-être. Mais r « emploi » où son savoir, ses dons physiques, sa haute éducation le faisaient triompher, n'existe plus, faute de successeurs qui aient su le tenir. Maman n'avait même pas aperçu M. Dieulafoy, tout ce qui n'était pas ma grand-mère n'existant pas. Je me souviens (et j'anticipe ici) qu'au cimetière, où on la vit, comme une apparition surnaturelle, s'approcher timidement de la tombe et semblant regarder un être envolé qui était déjà loin d'elle, mon père lui ayant dit : « le père Norpois est venu à la maison, à l'église, au cimetière, il a manqué une commission très importante pour lui, tu devrais lui dire un mot, cela le toucherait beaucoup », ma mère, quand l'ambassadeur s'inclina vers elle, ne put que pencher avec douceur son visage qui n'avait pas pleuré. Deux jours plus tôt — et pour anticiper encore avant de revenir à l'instant même auprès du lit où ma grand-mère agonisait — pendant qu'on veillait ma grand-mère morte, Françoise, qui ne niant pas absolument les revenants, s'effrayait au moindre bruit, disait : « Il me semble que c'est elle. » Mais au lieu d'effroi, c'était une douceur infinie que ces mots éveillèrent chez ma mère qui aurait tant voulu que les morts revinssent pour avoir quelquefois sa mère auprès d'elle.

Pour rétrograder maintenant à ces heures de l'agonie :

— Vous savez ce que ses sœurs nous ont télégraphié ? demanda mon grand-père à mon cousin.

— Oui, Beethoven, on m'a dit, c'est à encadrer, cela ne m'étonne pas.

— Ma pauvre femme qui les aimait tant, dit mon grand-père en essuyant une larme. Il ne faut pas leur en vouloir. Elles sont folles à lier, je l'ai toujours affirmé. Qu'est-ce qu'il y a, on ne donne plus d'oxygène ?

Ma mère dit :

— Mais alors maman va commencer à mal respirer. Le médecin répondit :

— Oh ! non, l'effet de l'oxygène durera encore un bon moment, nous recommencerons tout à l'heure.

Il me semblait qu'on n'aurait pas dit cela pour une mourante, que si ce bon effet devait durer, c'est qu'on pouvait quelque chose sur sa vie. Le sifflement de l'oxygène cessa pendant quelques instants. Mais la plainte heureuse de la respiration jaillissait toujours légère, tourmentée, inachevée, sans cesse recommençante. Par moments, il semblait que tout fût fini, le souffle s'arrêtait, soit par ces mêmes changements d'octaves qu'il y a dans la respiration d'un dormeur, soit par une intermittence naturelle, un effet de l'anesthésie, un progrès de l'asphyxie, quelque défaillance du cœur. Le médecin reprit le pouls de ma grand-mère, mais déjà, comme si un affluent venait apporter son tribut au courant asséché, un nouveau chant s'embranchait à la phase interrompue. Et celle-ci reprenait à un autre diapason, avec le même élan inépuisable. Qui sait si, sans même que ma grand-mère en eût conscience, tant d'états heureux et tendres comprimés par la souffrance ne s'échappaient pas d'elle maintenant comme ces gaz plus légers qu'on refoula longtemps ? On aurait dit que tout ce qu'elle avait à nous dire s'épanchait, que c'était à nous qu'elle s'adressait avec cette prolixité, cet empressement, cette effusion. Au pied du lit, convulsée par tous les souffles de cette agonie, ne pleurant pas mais par moments trempée de larmes, ma mère avait la désolation sans pensée d'un feuillage que cingle la pluie et retourne le vent. On me fit m'essuyer les yeux avant que j'allasse embrasser ma grand-mère.

— Mais je croyais qu'elle ne voyait plus, dit mon père.

— On ne peut jamais savoir, répondit le docteur. Quand mes lèvres la touchèrent, les mains de ma grand-mère s'agitèrent, elle fut parcourue tout entière d'un long frisson, soit réflexe, soit que certaines tendresses aient leur hyperesthésie qui reconnaît à travers le voile de l'inconscience ce qu'elles n'ont presque pas besoin des sens pour chérir. Tout d'un coup ma grand-mère se dressa à demi, fit un effort violent, comme quelqu'un qui défend sa vie. Françoise ne put résister à cette vue et éclata en sanglots. Me rappelant ce que le médecin avait dit, je voulus la faire sortir de la chambre. A ce moment, ma grand-mère ouvrit les yeux. Je me précipitai sur Françoise pour cacher ses pleurs, pendant que mes parents parleraient à la malade. Le bruit de l'oxygène s'était tu, le médecin s'éloigna du lit. Ma grand-mère était morte.

Quelques heures plus tard, Françoise put une dernière fois et sans les faire souffrir peigner ces beaux cheveux qui grisonnaient seulement et jusqu'ici avaient semblé être moins âgés qu'elle. Mais maintenant, au contraire, ils étaient seuls à imposer la couronne de la vieillesse sur le visage redevenu jeune d'où avaient disparu les rides, les contractions, les empâtements, les tensions, les fléchissements que, depuis tant d'années, lui avait ajoutés la souffrance. Comme au temps lointain où ses parents lui avaient choisi un époux, elle avait les traits délicatement tracés par la pureté et la soumission, les joues brillantes d'une chaste espérance, d'un rêve de bonheur, même d'une innocente gaieté, que les années avaient peu à peu détruits. La vie en se retirant venait d'emporter les désillusions de la vie. Un sourire semblait posé sur les lèvres de ma grand-mère. Sur ce lit funèbre, la mort, comme le sculpteur du moyen âge, l'avait couchée sous l'apparence d'une jeune fille.